LISA BUTTERWORTH
PHOTOGRAPHIES DE JULIA STOTZ

LA BIBLE DES CRISTAUX POUR LES DÉBUTANTS

CHOISISSEZ LES BONS CRISTAUX POUR ÉQUILIBRER LES ÉNERGIES DE VOS CHAKRAS

LISA BUTTERWORTH
PHOTOGRAPHIES DE JULIA STOTZ

LA BIBLE DES CRISTAUX POUR LES DÉBUTANTS

CHOISISSEZ LES BONS CRISTAUX POUR ÉQUILIBRER LES ÉNERGIES DE VOS CHAKRAS

MARABOUT

SOMMAIRE

INTRODUCTION

La fascination pour les cristaux est vieille comme le monde. Ces splendides œuvres d'art, façonnées par les éléments eux-mêmes, sont des morceaux de la Terre qui renferment le savoir et les histoires de plusieurs milliards d'années. Les cristaux peuvent être des enseignants, des guides nobles et des sages étincelants qui nous connectent à nos vérités profondes, et à l'énergie du monde et des personnes qui nous entourent. En entrant en relation avec le royaume minéral, vous vous ouvrirez à la magie et cette sensation s'enrichira tout au long de votre cheminement auprès de ces pierres captivantes.

La maîtrise du pouvoir des cristaux n'a rien de nouveau. Depuis toujours, les gemmes et les minéraux ont été utilisés par presque toutes les civilisations connues comme des talismans et des remèdes permettant une guérison émotionnelle, spirituelle et physique. Les Grecs et les Romains s'en servaient pour se soigner et se protéger. Les Mayas et les Amérindiens les considéraient comme des éléments sacrés permettant une connexion avec le divin. Les cristaux, avec leurs vibrations élevées, restent tout aussi utiles à notre époque, si ce n'est plus. Ils nous donnent une raison de nous poser et de nous ancrer dans les énergies terrestres au milieu de l'agitation de nos vies urbaines trépidantes.

Travailler avec les cristaux permet de dissiper des blocages en douceur, d'augmenter la circulation des énergies et d'équilibrer le corps. Ce livre est destiné aux personnes déjà familiarisées avec cette discipline comme à celles et ceux qui n'ont pas encore eu l'occasion d'interagir avec l'énergie des pierres. Il explique les méthodes pour utiliser les cristaux, créer des rituels autour d'eux et les entretenir.

Il contient également des informations détaillées sur 127 types de minéraux différents, ayant de nombreux bienfaits émotionnels, spirituels et physiques. Ils sont classés en fonction des chakras auxquels ils sont associés. Chacun y trouvera sa pierre.

DÉCOUVRIR LES CRISTAUX : QUE SONT-ILS + COMMENT FONCTIONNENT-ILS ?

Poussières stellaires témoins de la création de notre galaxie, les minéraux existaient avant l'apparition de la vie sur terre, et même avant la Terre, la Lune et le Soleil. Notre planète compte plus de 4000 cristaux connus à ce jour, dont la composition a évolué en même temps que les organismes vivants. Leur interaction raconte une histoire de plus de quatre milliards d'années.

MINÉRAUX + CRISTAUX + ROCHES : DÉFINITIONS

Minéral : composé chimique inorganique.

Cristal : minéral à la structure géométrique présentant des surfaces planes micro et macroscopiques.

Roche : matière compacte constituée de plusieurs minéraux.

Les cristaux attirent par leur beauté. Mais certaines personnes leur trouvent également un pouvoir de guérison. D'où vient-il ?

Énergie : les cristaux émettent des vibrations énergétiques, que vous sentez lorsque vous les tenez ou que vous vous en approchez. Il s'agit de l'énergie terrestre dans sa forme la plus pure. La géométrie sacrée vibratoire de leur structure cristalline renferme le savoir de milliards d'années.

Couleur : les teintes vives d'un cristal ont le pouvoir de nous affecter positivement. Elles suscitent en nous la motivation ou l'apaisement, la passion ou le calme.

Intention : les rituels autour des cristaux incitent à nous consacrer à nos rêves et désirs. Ces guides, enseignants ou talismans nous rappellent qu'il est temps de nous connecter, d'apaiser notre esprit et guérir notre cœur.

Les cristaux représentent un merveilleux complément à une approche holistique de la vie. La lithothérapie est une pratique bienveillante de guérison et de soin de soi. Prendre le temps de travailler avec les minéraux constitue le premier pas vers des changements significatifs de point de vue et de comportement. Approfondissez votre relation avec ses beautés incroyables en étant attentif à leur enseignement et à leur influence.

ACHETER DES CRISTAUX : COMMENT CONSTITUER UNE COLLECTION ?

Travailler avec des cristaux est un processus intuitif qui s'adapte à chacun. N'attendez pas d'avoir une collection complète de minéraux pour tirer parti de leurs bienfaits. Commencer simplement avec celui qui vous attire.

Choisir : l'univers des cristaux est très vaste et leurs bienfaits très nombreux. Vous pourrez être attiré par une pierre pour des raisons complètement différentes de celles d'une autre personne. Fiez-vous à votre instinct et gardez l'esprit ouvert. Votre attirance pour telle ou telle pierre variera selon vos besoins. Même s'il semble être le mieux indiqué pour résoudre votre problème, ne vous forcez pas à travailler avec un cristal avec lequel vous ne ressentez aucun lien. Cherchez une pierre qui vous parle.

Acheter : choisissez vous-même vos cristaux. Vous reconnaîtrez instinctivement celui qu'il vous faut. Les magasins de cristaux et les boutiques ésotériques proposent un large choix. Renseignez-vous également sur les expositions itinérantes de pierres. Si vous ne pouvez pas acheter un cristal en personne, vous trouverez de nombreuses boutiques et vendeurs sur Internet. Ciblez des enseignes réputées qui vendent des pièces authentiques, car les cristaux absorbent l'énergie de leur environnement. Purifez chaque nouveau cristal (voir page 14).

Formes : les cristaux sont vendus sous différentes formes qui influencent leur énergie ou leur (mode d')utilisation. Choisissez la forme qui vous attire le plus.

Brut : les pierres brutes, non polies, proviennent directement de la terre. Elles posséderaient une énergie plus intense, mais faites-vous votre propre avis.

Poli : un cristal poli est généralement de petite taille, arrondi et façonné pour créer une surface lisse faisant ressortir ses couleurs vibrantes et ses moindres détails. Les pierres polies sont plus faciles à poser sur le corps et à emporter, avec soi.

Taillé : les cristaux taillés, dont la forme varie, ont des utilisations ou des propriétés précises qui s'ajoutent à celles du cristal. Les pointes, lorsqu'elles sont dirigées à l'opposé de soi, peuvent drainer les énergies négatives hors du corps. Les cristaux biterminés, à double pointe, sont idéaux pour l'équilibre et améliorent la circulation de l'énergie dans les deux sens. Les pyramides amplifieraient les propriétés du cristal, tandis qu'un cristal taillé en sphère rappelle la complétude de l'univers et le caractère infini de l'énergie qui irradie dans toutes les directions.

CRÉER DES RITUELS AVEC LES CRISTAUX

En créant des rituels avec un cristal, vous décuplerez ses effets. Le fait de ritualiser améliore la pleine conscience. C'est aussi une manière de prendre soin de soi qui favorise le bien-être en général. Voici sept méthodes pour travailler avec vos cristaux, ainsi que quelques suggestions pour établir des rituels. Testez et, surtout, profitez !

Autel : créer un autel permet de matérialiser vos intentions et vos désirs. C'est aussi une façon de dédier à vos cristaux un espace sacré dans lequel travailler.

Rituel : choisissez d'abord l'endroit où placer l'autel : sur une étagère ou une table, par exemple. Purifiez la zone par fumigation, en brûlant des herbes ou du bois séchés afin que leur fumée purifie l'énergie de la pièce. Déterminez votre intention, sélectionnez les cristaux et les autres objets sacrés qui correspondent à l'objectif de votre autel, et disposez-les en suivant votre intuition. Créez un nouvel autel pour chaque nouvelle intention.

Bain : plongez des cristaux (résistants à l'eau) dans votre bain pour vous immerger dans leurs couleurs et leurs vibrations. Prendre un bain tiède constitue déjà une expérience régénérante. Le cristal amplifie ses bienfaits.

Rituel : préparez la pièce, par exemple en tamisant les lumières, en allumant des bougies ou de l'encens, et en vous massant les tempes avec quelques gouttes d'huile essentielle. Faites couler l'eau du bain et ajoutez-y quelques cristaux alignés avec vos intentions. L'améthyste et le quartz rose conviennent particulièrement bien à ce rituel. Avant d'entrer dans l'eau, prenez quelques respirations profondes purifiantes, fermez les yeux et méditez sur votre intention. Entrez dans le bain et laissez son énergie envelopper votre corps.

Boisson : boire de l'eau infusée avec un cristal est une autre manière d'absorber son énergie. Plongez un cristal dans votre verre d'eau ou dans une carafe, et laissez-le reposer toute la nuit. Tous les cristaux ne sont pas adaptés à ce rituel ! Certains sont solubles et d'autres contiennent des résidus toxiques. Renseignez-vous bien avant.

Rituel : associer la lumière de la lune et l'eau infusée rend l'élixir encore plus puissant. Une nuit de pleine lune, remplissez un verre ou une carafe d'eau. Plongez-y un cristal de roche et posez le récipient sur le rebord de la fenêtre, où il sera baigné de la lumière de la lune toute la nuit. Buvez l'énergie féminine délicate de la lune associée à l'action purificatrice du quartz transparent.

Grille : créer une grille de cristaux, c'est-à-dire disposer les pierres de manière à capter le pouvoir de la géométrie sacrée, est une pratique méditative, mais aussi une manière d'accentuer l'efficacité le votre travail sur une intention précise. À vous de déterminer le degré de complexité de la grille.

Rituel: choisissez l'endroit où créer votre grille et purifiez-le par fumigation. Déterminez votre intention et les cristaux qui lui correspondent. Choisissez le dessin de la grille qui vous parle (vous pourrez trouver différents modèles en ligne). Disposez vos cristaux de l'extérieur vers l'intérieur, en vous concentrant sur votre intention. Placez en dernier le cristal « maître » au centre de la grille. Prenez quelques respirations pour vous recentrer et visualiser votre intention.

Méditation: tenir une pierre ou la poser près de soi pendant une séance de méditation peut améliorer votre pratique, ouvrir votre conscience et renforcer votre connexion à la terre.

Rituel: sélectionnez la pierre avec laquelle vous souhaitez travailler (la fluorite, la célestine et le quartz fumé sont de bonnes options). Asseyez-vous dans un endroit calme. Prenez quelques respirations profondes et purifiantes. Fermez les yeux et faites taire votre esprit. Prenez le cristal dans votre main ou placez-le près de vous. Concentrez-vous sur votre respiration et prenez place dans cette énergie.

Contact physique: poser des pierres sur votre corps, notamment sur les chakras (voir page 18), peut vous aider à dissiper les blocages énergétiques et orienter les bienfaits des cristaux vers les zones à soigner.
Rituel: choisissez le chakra sur lequel vous souhaitez travailler et un cristal qui lui est associé. Allongez-vous sur le dos, prenez quelques respirations purifiantes et faites taire votre esprit. Posez le cristal sur le chakra à purifier, ouvrir ou réparer, (l'amazonite sur le Cœur, la iolite sur le Troisième œil...). Prenez une respiration profonde, puis exprimez votre gratitude, mentalement ou à voix haute, pour le travail accompli.

Sommeil: placer une pierre sur votre table de chevet, ou sous votre oreiller, est un moyen simple de tirer profit des énergies du cristal pendant que vous dormez. Les pierres apaisantes sont idéales pour cette pratique : elles favorisent, entre autres, un sommeil profond et le souvenir de ses rêves.
Rituel: juste avant de vous coucher, tamisez les lumières, tenez une dumortiérite dans votre main et prenez une respiration purifiante. Concentrez-vous, et visualisez l'énergie du cristal et le sommeil profond qu'elle va vous apporter. Placez la pierre sous votre oreiller, à l'intérieur de la taie, et laissez-vous gagner par le sommeil.

LA MAGIE DES CRISTAUX AU QUOTIDIEN

MAISON

Ces cristaux sont particulièrement adaptés à la maison.

Cristal	Pièce	Fonction
Aragonite	Cuisine	Énergie terrestre améliorant la préparation des repas
Apophyllite	Chambre d'amis	Calme et paix, soulagement des allergies
Célestine	Chambre	Énergie positive, conscience du divin, détoxification
Cristal de roche	Salle de bains	Purification et régulation des énergies
Pyrite	Entrée	Ancrage, protection et encouragements
Sélénite	Salon	Purification des énergies et création d'un espace sacré
Quartz fumé	Bureau	Absorption de la pollution électromagnétique

BUREAU

Optimisez vos journées de travail grâce à l'énergie positive de ces pierres.

Cristal	Fonction
Amazonite	Communication claire et assurée
Tourmaline noire	Protection contre la négativité et la pollution électromagnétique
Citrine	Confiance, motivation et créativité
Aventurine verte	Abondance et capacités de direction
Sodalite	Logique, ordre, objectif commun
Œil de tigre	Énergie équilibrante, prospérité

VOYAGE

Une fois que vous aurez mis en place une routine personnelle avec les cristaux, vous ne partirez plus sans en emporter un.

Cristal	Fonction
Rose des sables	Apaisement des phobies (peur de l'avion...) et du mal des transports
Tourmaline noire	Équilibre physique, mental et spirituel, rempart contre les énergies négatives
Hématite	Ancrage, apaisement de l'anxiété
Labradorite	Protection, esprit d'aventure et sensation de magie
Malachite	Protection, immunité et énergie
Pierre de lune	Protection des voyageurs, surtout la nuit
Rhodonite	Équilibre émotionnel et amour

CADEAUX

Choisissez un cristal en y mettant une intention et expliquez au destinataire pourquoi vous lui offrez cette pierre en particulier.

Cristal	Fonction	Idéal pour
Quartz rose	Amour inconditionnel, énergie réconfortante	Anniversaire, enterrement de vie de jeune fille, condoléances, amitié
Améthyste	Paix intérieure et tranquillité	Félicitations, femme enceinte, amitié, vœux de bon rétablissement
Diamant de Herkimer	Harmonie et ouverture (peut être chargé d'amour par le donneur)	Enterrement de vie de jeune fille, amitié, pendaison de crémaillère, mariage
Fluorite	Équilibre et protection	Anniversaire, pendaison de crémaillère, nouvel emploi
Chrysocolle	Féminité et tendresse	Femme enceinte, vœux de bon rétablissement

ENTRETENIR LES CRISTAUX : COMMENT PURIFIER + RECHARGER + CONSERVER VOS PIERRES ?

Travailler avec des cristaux, c'est comme entretenir une relation. Ils ont besoin de soins et d'attention. Plus vous leur en donnerez, plus vous vous sentirez connecté et plus vous vivrez une expérience magique. Voici quelques conseils d'entretien.

PURIFIER & RECHARGER

Les cristaux donnent leur énergie, mais ils peuvent aussi l'absorber ou en être vidés, c'est pourquoi il est nécessaire de les purifier et de les recharger. Purifiez tout nouveau cristal de votre collection, à moins qu'il ne vous ait été offert avec une intention particulière. Si vous utilisez des cristaux spécifiques pour travailler sur des émotions intenses ou dissiper les ondes électromagnétiques, vous devrez les recharger régulièrement. Suivez votre instinct : vos cristaux vous diront lorsqu'ils auront besoin d'énergie nouvelle.
Il existe plusieurs manières de purifier et recharger des cristaux. Cependant, certaines méthodes ne conviennent pas à tous les cristaux (selon leur porosité). Renseignez-vous avant de vous lancer.

Sel : purifier des cristaux avec du sel est un rituel courant. Il existe plusieurs façons de procéder.

1. Dans un bol, dissolvez 1 cuillerée à soupe de sel de mer dans 225 ml d'eau. Plongez-y vos cristaux pendant une heure minimum ou jusqu'à un jour entier. Rincez les cristaux à l'eau claire et séchez-les en les tamponnant.
2. Remplissez un bol de sel de mer, enterrer les cristaux dedans ou posez-les dessus. Laissez reposer entre une heure et plusieurs jours. Brossez les délicatement.

Fumigation : la fumigation est le fait d'utiliser la fumée produite en faisant brûler des herbes séchées ou du bois sacré pour purifier l'énergie d'un cristal. La sauge et le palo santo sont les plus couramment utilisés, mais vous pouvez choisir n'importe quelle herbe ou essence de bois. Pour personnaliser et renforcer le rituel, utilisez des herbes que vous avez vous-même cueillies et fait sécher, ou du bois que vous avez coupé.

Pour purifier un cristal, enflammez avec précaution un petit bouquet d'herbes séchées ou un morceau de bois, puis soufflez sur la flamme pour créer un fin filet de fumée. Passez et repassez votre cristal dans la fumée pour bien l'en envelopper.

Eau : l'eau est un autre moyen de purifier et recharger un cristal, mais assurez-vous que cela ne l'endommagera pas.

1. Placez le cristal dans un récipient ou un filet, et maintenez-le plusieurs minutes sous l'eau courante d'un robinet. Séchez-le.
2. Lorsqu'il pleut, placez vos cristaux dans un bol à l'extérieur pendant plusieurs minutes avant de les sécher. Vous pouvez également recueillir l'eau de pluie et y plonger vos cristaux.

Lumière de la lune : exploiter les vibrations de la lune se révèle très efficace pour purifier et recharger les cristaux. Son énergie féminine est assez douce pour convenir à tous les cristaux.

Dès le coucher du soleil, disposez vos cristaux sur une table à l'extérieur ou sur un rebord de fenêtre, et laissez-les toute la nuit exposés à la lueur de la lune. Les nuits de pleine lune et de nouvelle lune sont particulièrement efficaces. Suivez le calendrier lunaire pour purifier vos cristaux. C'est une méthode simple et fiable pour vous rappeler que c'est le moment d'accomplir le rituel.

Lumière du soleil : pour purifier et recharger les cristaux, il est aussi possible de les imprégner de l'énergie masculine du soleil. Attention, cette méthode ne convient pas à tous les cristaux, car certains se ternissent ou se craquèlent lorsqu'ils sont exposés. Renseignez-vous bien avant.

Pour donner à vos cristaux un bain de soleil, exposez-les dès l'aube, dans un endroit où ils recevront la lumière jusqu'au crépuscule.

Terre : recharger un cristal dans la terre est une autre technique respectueuse de l'environnement et particulièrement adaptée aux pierres ayant des propriétés d'ancrage.

Si vous avez un jardin, creusez un petit trou et enterrez votre cristal, en faisant une marque au sol pour le retrouver facilement. Laissez-le dans la terre toute la nuit. Si vous n'avez pas accès à un jardin, enterrez votre cristal dans le terreau d'une plante en pot.

Visualisation : purifier des cristaux grâce à l'énergie de vos pensées constitue une autre méthode efficace et sûre.

Prenez quelques respirations profondes et purifiantes. Tenez le cristal dans vos deux mains et concentrez-vous sur lui. Visualisez une lumière guérisseuse, blanche et vive, qui part du centre de la pierre et irradie vers l'extérieur jusqu'à la recouvrir entièrement. Poursuivez jusqu'à visualiser la totalité de l'énergie conservée par le cristal qui se dissout dans la lumière.

Conservation : les cristaux apprécient d'être exposés, surtout si vous leur donnez de l'amour et de l'attention régulièrement, et que vous les purifiez ou les rechargez lorsque nécessaire. À mesure que votre collection grandira, ou si vous souhaitez travailler seulement avec quelques pierres, vous aurez peut-être envie d'en mettre certaines à l'abri. Commencez par séparer les pierres polies des pierres brutes, en faisant attention aux plus fragiles. Une fois regroupées, disposez-les comme vous le souhaitez : par taille, par couleur ou en fonction des chakras auxquels elles sont connectées. Les pochettes en tissu avec cordon coulissant sont les contenants les plus pratiques et compacts. Des boîtes à bijoux en bois tapissées de tissu conviennent également. Si vous avez de la place dans un tiroir, placez-y vos pierres, séparées dans de petites boîtes distinctes. Enveloppez les plus fragiles.

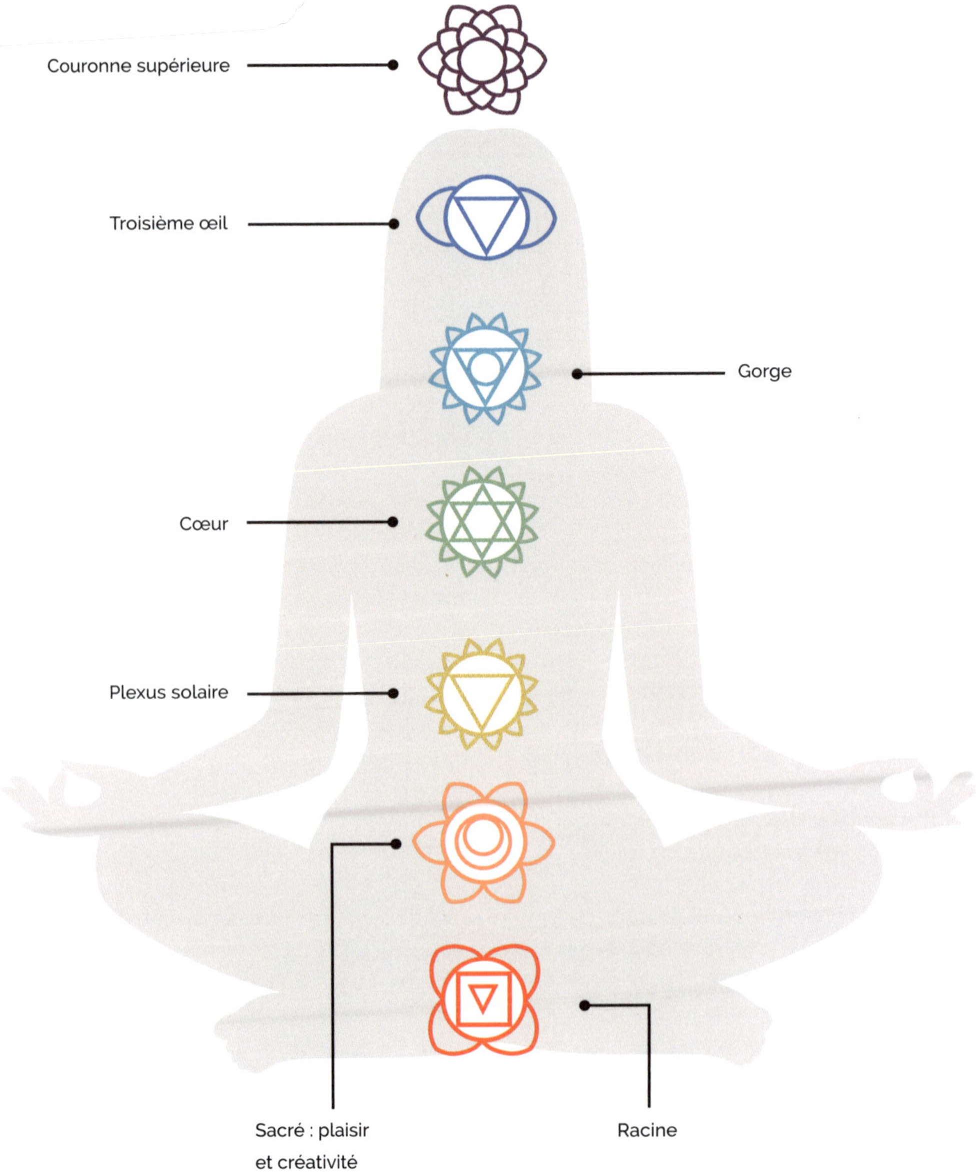
Couronne supérieure
Troisième œil
Gorge
Cœur
Plexus solaire
Sacré : plaisir
et créativité
Racine

ÉQUILIBRER SON ÉNERGIE : COMMENT ASSOCIER CHAKRAS + CRISTAUX ?

Les chakras sont des centres d'énergie spirituelle situés le long de la colonne vertébrale, entre le plancher pelvien et le sommet du crâne. Le mot « chakra » vient du sanskrit et signifie « roue » ou « cercle ». Ce système a été élaboré en Inde, il y a plusieurs milliers d'années. Chaque cristal correspond à un ou plusieurs chakras. L'utilisation de cristaux constitue une méthode douce pour éliminer les blocages, intensifier la circulation des énergies et équilibrer votre système. Ce tableau présente les sept chakras principaux et un cristal associé à chacun.

Nom	Cristal	Fonction
Couronne supérieure : spiritualité et connaissance divine	Améthyste	Éveil de la spiritualité
Troisième œil : intuition et sagesse	Dumortiérite	Intuition
Gorge : communication et expression de soi	Amazonite	Illumination et vérité
Cœur : amour et compassion	Chrysocolle	Tendresse
Plexus solaire : émancipation et respect de soi	Pierre de soleil	Énergie
Sacré, plaisir & créativité : centre des émotions	Zincite	Passion
Racine : base, instinct de survie (dont finances & alimentation)	Jaspe rouge	Vitalité

Ces chakras sont les plus connus mais il en existe d'autres. Ces derniers se trouvent à l'intérieur ainsi qu'à l'extérieur du corps, au-dessus de la Couronne et sous les pieds. Il s'agit notamment des chakras de la Terre supérieure, de la Terre, du Cœur supérieur et de la Couronne supérieure.

LES CRISTAUX BIENFAISANTS

UN GUIDE POUR ASSOCIER LES PIERRES AUX CHAKRAS

CRISTAL DE ROCHE

ARC-EN-CIEL

Vibration + Optimisme + Croissance

Couleur : transparent avec des reflets arc-en-ciel

Chakras : tous

Principaux gisements : Brésil

En quoi est-il magique ? Le cristal de roche arc-en-ciel est une pierre de transformation. Si vous êtes en deuil, il peut vous aider à sortir des ténèbres et vous redonner goût à la vie. Il permet un nouveau départ. De la même façon qu'il contient toutes les couleurs de l'arc-en-ciel, ce cristal fascinant ouvre tous les chakras. Il améliore l'alignement spirituel et physique, et énergise et équilibre tous les systèmes du corps. Le cristal de roche arc-en-ciel est également connu pour être un minéral de manifestation puissant. Il éloigne les énergies négatives pour vous aider à vous concentrer sur vos désirs réels. Il élève la conscience et vous fait baigner dans une lumière aimante.

Note : les arcs-en-ciel de cette splendide variété de cristal de roche résultent de fissures internes. En anglais, on l'appelle aussi cristal « feu et glace ».

UTILISATION :

Pour soi : méditez en plaçant un cristal de roche arc-en-ciel sur votre plexus solaire pour nettoyer vos chakras.

Pour la maison : placez un cristal de roche dans une pièce ensoleillée pour renforcer ses vibrations positives.

Pour le bureau : aide à faire face à une déception professionnelle et à rebondir.

BORNITE

Joie + Créativité + Renaissance

Couleur: iridescent

Chakras: tous

Principaux gisements: Autriche, Angleterre, États-Unis

En quoi est-il magique? La bornite est réputée pour être la pierre du bonheur. Ses éclats métalliques et iridescents dégagent un sentiment d'optimisme intense et révèlent les joies de la vie, en particulier lorsque l'on est pris dans la routine, accablé par la tristesse ou le deuil. Ce cristal aide à mieux apprécier ce que l'on possède et à poser un regard neuf sur ce que l'existence a à offrir. Pierre de la renaissance, la bornite ouvre à de nouvelles perspectives, stimule les idées innovantes et relance la créativité. Multicolore, elle nettoie et aligne tous les chakras, tout en équilibrant le corps énergétique. Elle régulerait également le métabolisme, renforcerait l'immunité et intensifierait la détoxification.

Note: la bornite est un sulfure de cuivre et de fer qui devient iridescent quand sa surface se ternit. Cette pierre doit son nom à un minéralogiste autrichien, Ignaz von Born. Elle est également appelée « minerai du paon ».

UTILISATION:

Pour soi: posez une bornite sur le troisième œil pour dissiper les blocages et renforcer l'énergie dans les chakras.

Pour la maison: nettoie l'espace de toute énergie négative et protège contre celle-ci.

Pour le bureau: particulièrement utile lors de la prise d'un nouveau poste.

QUARTZ TITANE

Force + Énergie + Clarté

Couleur: arc-en-ciel métallisé

Chakras: tous

Principaux gisements: Chine, Japon, Russie

En quoi est-il magique ? Si vous avez besoin de stimuler votre énergie générale, c'est le quartz titane qu'il vous faut. Ce cristal incroyable brille de toutes les couleurs de l'arc-en-ciel et excelle à harmoniser tous les chakras. Il dissout les blocages énergétiques, remonte le moral et aide à retrouver joie et légèreté.

Pour libérer le flux d'énergie et favoriser un état d'esprit positif, le quartz titane est idéal. Cette pierre dynamique vous aidera aussi à éclairer la voie qui vous convient, mettant en évidence vos aspirations et vos rêves. Elle va même plus loin dans la manifestation, en vous donnant la force et la motivation nécessaires pour les réaliser.

Note: les cristaux « aura » sont obtenus en soumettant la surface du quartz à une vaporisation de métaux précieux, et cette fusion amplifie ses pouvoirs. Pour fabriquer du quartz titane, on bombarde un quartz clair d'atomes d'oxyde de titane. C'est cette transformation qui lui donne cet aspect métallique et multicolore.

UTILISATION :

Pour soi : méditez avec un quartz titane pour accentuer vos pouvoirs de manifestation.

Pour la maison : crée un environnement ancré et plein d'énergie.

Pour le bureau : stimule votre énergie et aide à comprendre votre carrière.

ASTROPHYLLITE

Espoir + Positivité + Illumination

Couleur: : bronze + doré + marron

Chakra : tous

Principaux gisements : Canada, Norvège, Russie

En quoi est-il magique ? Les lamelles d'astrophyllite se dressent comme un joyeux feu d'artifice et, bien qu'il soit très rare d'extraire le cristal sous cette forme, car il se crée à l'intérieur d'autres roches, dans les fissures, cela représente son énergie fondamentale. Cette pierre aux coloris cuivrés peut vous éclairer à l'aide de ses puissants rayons, surtout pendant une période sombre. Si vous vous sentez déprimé, déconnecté, indécis sur la direction à prendre, l'astrophyllite fera briller l'espoir en entrouvrant la porte de votre esprit, jusqu'à ce que vous vous sentiez inondé par son aura positive. Ce cristal vous illuminera de l'intérieur, libérant votre flux énergétique et guidant vos pas vers la lumière.

Note: l'astrophyllite se rencontre sous forme de lamelles disposées en étoile. C'est d'ailleurs ce qui a inspiré son nom, composé des termes astron (« étoile » en Grec) et de phyllon (feuille), une dizaine d'années après sa découverte en 1844 en Norvège, par un minéralogiste allemand du nom de Paul Christian Weibye.

UTILISATION :

Pour soi : prenez en main un morceau d'astrophyllite lorsque vous vous sentez découragé et laissez son énergie positive se répandre en vous.

Pour la maison : aide à se sentir ancré dans son environnement physique et donne au lieu une atmosphère optimiste.

Pour le bureau : met en lumière le travail qui vous est vraiment utile et bénéfique.

DOLOMITE

Harmonie + Équilibre + Connexion

Couleur : blanc, gris, rose

Chakra : tous

Principaux gisements : Canada, Espagne, Suisse

En quoi est-il magique ? La dolomite est une pierre tout-en-un : ses vibrations procurent un profond sentiment d'équilibre, qui ajuste toutes vos énergies. L'une de ses qualités les plus intéressantes est l'harmonie : si vos émotions sont en ébullition, elle aidera à les apaiser ; à l'inverse, si vous ne vous sentez pas en forme, elle vous rendra votre allant. Si vous vous sentez déconnecté de la réalité, elle vous aidera à retrouver un ancrage et si vous vous sentez dans l'impasse, elle réveillera votre créativité. Ce cristal est tout indiqué si vous souffrez de solitude, car il vous rappellera toutes les merveilles dont regorge le monde, ainsi que votre rôle et votre lien divin à toute la création. La dolomite sert à accorder le mental, le corps et l'esprit.

Note : ce cristal doit son nom au géologue français Déodat Gratet de Dolomieu, qui a recueilli une collection de ce minerai dans un massif montagneux du nord de l'Italie, les Dolomites.

UTILISATION :

Pour soi : pour remettre à l'heure tout votre être, allongez-vous et visualisez un cristal de dolomite passant par chaque point énergétique, en commençant par le chakra racine pour aller jusqu'au chakra couronne.

Pour la maison : crée un espace harmonieux favorisant la communication.

Pour le bureau : permet de tenir le cap malgré les hauts et bas de la journée de travail.

CHAKRA COURONNE

Unité + Sérénité + Divinité

Nom sanskrit
Sahasrara: *Sahasrara* se traduit par « aux mille pétales », ce qui représente l'épanouissement de la conscience supérieure.

En bref: le chakra couronne est le septième et dernier chakra primaire. Il se situe sur le sommet du crâne. C'est le siège de notre conscience, de notre connexion au divin. Il nous emmène à un niveau de conscience de nous supérieur, où nous ne sommes qu'aisance, flux, esprit et unité.

Sahasrara gouverne notre vie énergétique. C'est la source de notre sagesse intérieure, le canal par lequel nous communiquons avec le divin. Le chakra couronne est un pont entre notre moi physique et notre moi spirituel. À la différence des autres chakras, il n'est associé à aucun élément. Il est lumière pure, énergisé par la pensée, le plus haut état de conscience. Il nous ouvre la voie, avec détermination. Il nous fait comprendre que nous faisons partie d'un tout bien plus grand, que nous sommes des êtres spirituels vivant une expérience humaine.

Le chakra couronne gouverne la manière dont nous vivons notre vie: notre présence, notre conscience et notre capacité à voir la beauté et le divin en tout.
Il révèle l'interconnexion avec toutes les choses. En revanche, s'il est bloqué, cela peut nous empêcher de voir que les actes de chacun ont un impact sur la communauté. Le chakra couronne nous enseigne que notre existence s'étend au-delà du monde physique, que c'est la porte vers une conscience véritablement supérieure. En ce sens, c'est le chakra qui gouverne notre bien-être dans son ensemble.

LOCALISATION
AU SOMMET DU CRÂNE

ÉLÉMENT
PENSÉE

ALIMENTS
- **CHOU-FLEUR**
- **OIGNON & AIL**
- **NOIX DE COCO**
- **PANAIS**

SYMBOLE

COULEUR
VIOLET/BLANC

SENS
IL N'EST ASSOCIÉ À AUCUN SENS (IL EST LUMIÈRE PURE)

HUILES ESSENTIELLES
BENJOIN, LAVANDE, MYRRHE, PETIT-GRAIN BIGARADE, NARD JATAMANSI

CRISTAUX
AMÉTHYSTE, APOPHYLLITE, CÉLESTINE, CRISTAL DE ROCHE

SYMPTÔMES DE DÉSÉQUILIBRE

Lorsque le chakra couronne est déséquilibré ou bloqué, cela peut affecter notre bien-être. En effet, quand nous sommes déconnectés de notre moi supérieur, nous sommes déconnectés de tout.

Chakra suractif: quand le chakra couronne est suractif, l'esprit échappe à tout contrôle. Vous faites une fixation ou êtes obsédé par quelque chose, incapable de prendre du recul. Cela peut se manifester par un besoin insatiable d'acquérir des choses matérielles, une autocomplaisance qui déconnecte du bien supérieur et donne l'impression d'être supérieur aux autres.

Chakra sous-actif: un chakra couronne sous-actif nous fait nous sentir déconnectés de notre moi spirituel, des autres êtres humains et du monde en général. Nous avons la sensation que la vie a été vidée de toutes ses couleurs ou d'être spectateur.trice de notre vie, de manquer de but ou que notre existence n'a aucun sens.

SYMPTÔMES MENTAUX & ÉMOTIONNELS

Un chakra couronne déséquilibré bloque le flux d'énergie entre notre moi physique et notre conscience supérieure, ce qui nous fait mener une vie qui ne nous fait pas vibrer.

- Apathie
- Solitude et dépression
- Absence d'objectif
- Déconnexion
- Agitation et impatience
- Égocentrisme
- Pensées obsessionnelles
- Manque d'inspiration
- Étroitesse d'esprit

SYMPTÔMES PHYSIQUES

Le chakra couronne gouvernant la manière dont nous dépensons notre énergie, les symptômes physiques se manifestent sur le corps dans son ensemble.

- Fatigue intense
- Hypersomnie ou insomnie
- Esprit embrouillé
- Maux de tête ou migraines
- Troubles hormonaux

BIENFAITS DE L'ÉQUILIBRE

Lorsque le chakra couronne est aligné, nous avons l'impression d'être réceptif.ve.s aux secrets de l'Univers et à ce qu'il nous offre. Notre vie a un but et nous avons le sentiment qu'elle a un sens profond. Nous sommes en mesure de voir le divin en toute chose. Nous agissons avec intégrité et interconnexion. Notre âme et notre esprit sont alignés, nous ressentons une sensation d'harmonie supérieure.

Un état de flux: le fait d'apporter de l'énergie au chakra couronne est l'aboutissement du travail réalisé sur tous les autres centres d'énergie. Nous avons construit une base solide, en nous ancrant dans la terre. Nous avons offert à nos émotions un foyer sécurisé et solide. Nous avons trouvé notre voie et accueilli notre valeur individuelle. Nous avons ouvert notre cœur, nous vivons dans l'amour et nous nous sommes connectés à notre moi authentique, nous avons trouvé l'équilibre entre le fait d'écouter et de nous exprimer. À présent, nous pouvons approfondir notre connexion au divin, pour vivre une expérience spirituelle dans le monde physique, pour comprendre pleinement l'interconnexion entre toutes les choses de la vie et pour laisser cette compréhension devenir la force qui nous guide.

SAHASRARA EN HARMONIE

Pour porter notre attention au chakra couronne, il faut que l'énergie des six chakras précédents soit équilibrée, que nous ayons construit l'échelle nous permettant d'accéder à notre conscience supérieure.
Un chakra couronne équilibré apporte:

- Amour
- Empathie
- Gentillesse
- Objectif
- Paix
- Foi
- Connexion
- Beauté
- Éveil

AFFIRMATION DU CHAKRA COURONNE: «JE SAIS»
L'affirmation du chakra couronne représente le pont que *sahasrara* construit entre le royaume physique et le royaume spirituel, et la compréhension que cela entraîne: «Je sais.»
Pour découvrir d'autres affirmations, rendez-vous page 32.

CRISTAUX

Les cristaux transparents et violets associés au chakra couronne émettent tous des vibrations supérieures. Ils constituent des portails physiques vers le royaume spirituel. Toutes les pierres présentées ici sont bénéfiques pour le chakra couronne, mais chacune porte sur une aire de guérison différente, avec des variations énergétiques subtiles.

AMÉTHYSTE

De cette pierre violette émanent la paix pure et la tranquillité. L'améthyste apaise l'esprit, détend le corps et aide à ouvrir la voie vers la spiritualité, suscitant la connexion à une conscience supérieure. Elle peut aussi soigner les insomnies.
À vous de jouer : placez de petits morceaux d'améthyste dans un spray d'huiles essentielles pour purifier le chakra couronne et renforcer ses vibrations.

APOPHYLLITE

L'apophyllite vous aidera à mener à bien le travail nécessaire pour purifier, stimuler et ouvrir le chakra couronne. C'est une pierre d'illumination, qui vous apportera une conscience profonde vous permettant de comprendre les changements à faire, tout en vous rappelant que tout est interconnecté dans la vie. Son énergie apaisante réunit l'âme et l'esprit.
À vous de jouer : tenez un morceau d'apophyllite dans votre main pendant que vous méditez, pour plonger plus profondément dans votre sagesse intérieure, mieux comprendre les comportements et schémas sur lesquels vous devez travailler et vous aider à renforcer votre connexion au divin.

CÉLESTINE

La célestine a la réputation d'être une pierre du paradis, car elle émet de l'énergie sur un niveau très élevé. Si vous avez tendance à être sceptique et déconnecté, cette pierre bleu clair pourra vous apporter réconfort et clairvoyance. Elle vous ouvrira à la vérité de l'existence, vous aideraà comprendre quelle est votre place dans l'Univers et vous apportera la paix intérieure profonde qui accompagne ces connaissances.
À vous de jouer : posez un morceau de célestine à côté de votre lit. Son énergie tranquille est idéale pour favoriser le sommeil et les rêves.

CRISTAL DE ROCHE

Cette pierre irradie de lumière : laissez son aura de positivisme et de purification se répandre dans votre corps énergétique. Formidablement soutenante, elle vous aidera à vous connecter à vos chakras et à les équilibrer afin de permettre au chakra couronne de s'épanouir, ce qui favorisera la connexion à une conscience supérieure.
À vous de jouer : allongez-vous et posez un morceau de cristal de roche au sol, juste au-dessus du sommet de votre crâne. Méditez sur sa capacité à purifier et à aligner tous les chakras.

Dans le sens des aiguilles d'une montre en partant du haut : cristal de roche, célestine, améthyste, apophyllite.

CÉLESTINE

Spiritualité + Intuition + Calme

Couleur : bleu clair

Chakras : Plexus solaire + Gorge + Couronne supérieure

Principaux gisements : Madagascar

En quoi est-elle magique ?
La célestine offre le bien-être cosmique. Ses vibrations invitent à penser autrement. Pierre du paradis comme l'azurite, elle aiderait à communiquer avec le divin. Elle éveille un sentiment de paix et la sensation de se trouver à sa place au sein du grand tableau qu'est l'univers. Ce cristal dissipe la confusion, aide à croire en ce qui est vrai et libère de l'espace pour vous permettre de travailler sur votre moi supérieur. Ouvrez votre esprit et votre cœur grâce à ce minéral puissant. Il peut aussi améliorer vos rêves, en créant une voie vers l'inconscient et les royaumes au-delà du monde physique. La célestine aiderait à soulager les maux de gorge et de bouche, atténuerait les troubles de l'élocution et faciliterait la détoxification.

Note : du latin *caelestis* qui signifie « céleste », la célestine pure (sulfate de strontium) est incolore. Des résidus d'impuretés diverses créeraient sa jolie teinte bleue.

UTILISATION :

Pour soi : posez-la sur vos genoux pendant que vous méditez pour renforcer votre connexion avec le divin.

Pour la maison : sur votre table de chevet, elle vous aidera à vous souvenir de vos rêves et entretiendra l'énergie positive du matin.

Pour le bureau : soulage le stress et l'anxiété causés par le travail.

LABRADORITE

Intuition + Créativité + Éveil

Couleurs : gris + iridescent

Chakras : Plexus solaire + Troisième œil + Couronne supérieure

Principaux gisements : Australie, Canada, Finlande

En quoi est-elle magique ?
La labradorite est incontestablement une pierre magique, utilisée par les guérisseurs, les devins, les chamans et les médiums pour développer les dons psychiques et élever la conscience spirituelle. Cette pierre grise iridescente connecte les royaumes du visible et de l'invisible en créant une harmonie entre le soi physique et le soi spirituel. C'est aussi la pierre de la protection. Elle crée une barrière énergétique qui détourne la négativité et les ondes dégagées par les personnes émotionnellement épuisantes. Si le quotidien vous accable, la labradorite insuffle de la vie et stimule la spontanéité, l'excitation et l'aventure. Idéale pour les personnes créatives, elle favorise les idées nouvelles et l'imagination. Les guérisseurs utilisent la labradorite pour soigner la vue et les problèmes respiratoires.

Note : découverte en 1770 dans la province du Labrador, à l'est du Canada, la labradorite est cependant mentionnée bien plus tôt dans les légendes inuites. Elle doit son iridescence au reflet de la lumière sur ses faces sous-microscopiques.

UTILISATION :

Pour soi : utilisez-la pendant une séance de méditation pour améliorer vos capacités d'introspection, surtout en période de transition.

Pour la maison : diffuse un sentiment de nouveauté dans un environnement usé.

Pour le bureau : favorise la coopération et la bonne entente entre collègues.

CRISTAL DE ROCHE

Limpidité + Purification + Rétablissement

Couleur : transparent

Chakra : Couronne supérieure

Principaux gisements : Brésil, France, Espagne, États-Unis

En quoi est-il magique ? Le cristal de roche, ou quartz incolore, peut tout faire. C'est une pierre idéale pour les débutants, car elle est incroyablement versatile et bénéfique dans de nombreux domaines.
Ce minéral translucide et lumineux transforme les énergies négatives, et baigne son porteur et tout ce qui l'entoure d'une énergie positive. Détoxifiant physique et émotionnel, le cristal de roche dissipe les blocages énergétiques et rétablit l'équilibre du corps et de l'esprit. Il purifie, énergise et crée les fondations optimales d'une bonne santé.
Cette pierre bienfaisante complète est associée au chakra de la Couronne. Elle élève l'âme et ouvre la voie à une conscience supérieure. Elle amplifie également l'énergie et les propriétés des cristaux placés à proximité d'elle.

Note : le quartz est l'un des minéraux les plus courants à travers le monde. Plusieurs autres gemmes (améthyste, cornaline, citrine) sont des membres colorés de la famille des quartz. Le diamant de Herkimer est un quartz incolore biterminé.

UTILISATION :

Pour soi : placez une macle de cristal de roche dans le lieu où vous méditez pour renforcer votre pratique.

Pour la maison : harmonise et donne de l'énergie à son environnement.

Pour le bureau : favorise la clarté d'esprit et les idées positives.

DIAMANT DE HERKIMER

Ouverture + Amplification + Harmonie

Couleur : transparent

Chakras : Troisième œil + Couronne supérieure

Principaux gisements : États-Unis

En quoi est-il magique ? Le diamant de Herkimer est un harmonisateur fantastique. Grâce à sa vibration spirituelle élevée, ce minéral transparent ouvre les chakras supérieurs et aménage une voie pour comprendre le divin. Pierre d'harmonie, elle place les personnes sur la même longueur d'onde, aide à se connecter à un groupe ou à un environnement. Elle sert aussi à purifier les énergies. Elle a la capacité de conserver le savoir ou les émotions : chargez-la d'amour ou de vœux de rétablissement avant de l'offrir à un être cher. Le diamant de Herkimer a le pouvoir d'amplifier l'effet des autres pierres. N'hésitez pas à l'associer à d'autres cristaux. Les guérisseurs considèrent qu'il peut soulager les douleurs lorsqu'il est mis en contact direct avec la zone sensible. Il serait aussi efficace contre l'insomnie.

Note : ce quartz biterminé n'a de diamant que le nom. Il est appelé ainsi en raison de sa transparence et de ses facettes ressemblant à celles du diamant. Il a été découvert dans le comté de Herkimer, dans l'État de New York, aux États-Unis. Il serait vieux de plus de 500 millions d'années.

UTILISATION :

Pour soi : posez-le sur votre Troisième œil pour ouvrir le chakra, et vous aider à penser et voir les choses clairement.

Pour la maison : apporte un sentiment d'harmonie dans un foyer déséquilibré ou perturbé.

Pour le bureau : renforce les capacités de recherche.

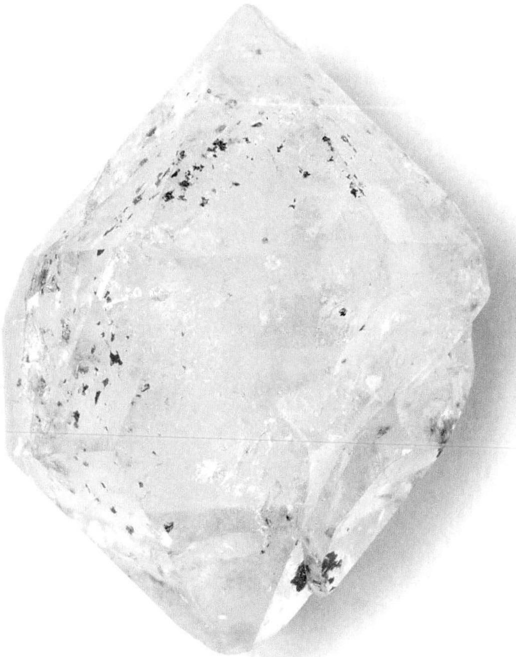

TOPAZE

Vérité + Manifestation + Transition

Couleur : transparent

Chakra : Couronne supérieure

Principaux gisements : Brésil, Nigéria, Sri Lanka

En quoi est-il magique ? La topaze met en lumière la vérité. Elle aide à distinguer la fiction de la réalité et améliore la clarté d'esprit. Connue pour être une pierre porte-bonheur, elle apporte joie et abondance. Elle énergise et motive. Cette pierre possède également un important pouvoir de manifestation. Elle éclaire vos objectifs et vous donne la capacité émotionnelle de les poursuivre. La topaze facilite également la transition et apporte les changements positifs que vous attendiez. Elle aide le corps à se réguler, à équilibrer son énergie et à maintenir son poids de forme. Elle facilite enfin le sommeil et la digestion.

Note : le mot « topaze » dérive de *Topazos*, ancien nom de l'île égyptienne où le péridot a été découvert. Ce minéral était couramment confondu avec la topaze avant l'apparition de la minéralogie moderne.

UTILISATION :

Pour soi : posez-le sur votre Troisième œil pour ouvrir le chakra, et vous aider à penser et voir les choses clairement.

Pour la maison : apporte un sentiment d'harmonie dans un foyer déséquilibré ou perturbé.

Pour le bureau : renforce les capacités de recherche.

SÉLÉNITE

Purification + Alignement + Clarté

Couleurs : blanc + transparent

Chakras : Plexus solaire + Troisième œil + Couronne supérieure

Principaux gisements : Mexique, États-Unis

En quoi est-il magique ? La sélénite purifie, apaise et nettoie. Ce minéral translucide réduit la confusion et l'indécision, en incitant à faire confiance à son instinct. Elle est connectée à la fois au chakra du Troisième œil et à celui de la Couronne. Elle élève la conscience et stimule la communication avec le divin. Vous pouvez l'utiliser pour nettoyer l'énergie d'une pièce et aligner le corps émotionnel. Elle possède une énergie puissante et paisible, idéale pour la méditation. Elle offre également une protection énergétique et crée un environnement sûr et confortable. L'énergie féminine de la sélénite est utile aux jeunes mamans : elle facilite l'allaitement, aide à établir un lien avec son enfant et renforce la fertilité. Les guérisseurs considèrent qu'elle peut soulager les insomnies et les crises d'épilepsie.

Note : la sélénite est une forme transparente de gypse, un sulfate de calcium hydraté. Inspiré de sa lueur unique, son nom vient du grec ancien *séléné* qui signifie « lune » et désigne également la déesse de la Lune.

UTILISATION :

Pour soi : placez une sélénite sur votre Troisième œil lorsque vous méditez pour nettoyer le chakra et recevoir la guidance divine.

Pour la maison : favorise l'équilibre et confère un caractère sacré à une pièce.

Pour le bureau : apaise le désordre mental et facilite la prise de décision.

PIERRE DE LUNE

Vision + Acceptation + Réconfort

Couleur : blanc

Chakras : Troisième œil + Couronne supérieure

Principaux gisements : Inde, Sri Lanka

En quoi est-il magique ? La pierre de lune est la pierre des voyageurs, qu'elle protège en particulier la nuit ou en mer. Elle a une influence extraordinaire sur la capacité à faire face à l'imprévu avec souplesse et philosophie. Précieuse lors des grandes transitions de la vie, elle fait place au développement personnel et aux changements d'ordre pratique dans le quotidien. Base solide pour suivre ses rythmes naturels, la pierre de lune vibre d'une énergie féminine, adoucit le cœur et laisse circuler l'énergie. Renforçant l'intuition et la réceptivité, elle peut vous aider à atteindre votre moi supérieur. Ce cristal favorable à la jeunesse contribuerait à ralentir les effets du vieillissement. Les guérisseurs l'utilisent également pour soigner les déséquilibres féminins, associés à la fertilité, aux règles, à la ménopause et à la grossesse.

Note : la pierre de lune est une variété d'orthose feldspath, composée de silicate de potassium et d'aluminium. Son adularescence est un phénomène optique provoqué par la réfraction de la lumière sur différentes fines couches de silicates.

UTILISATION :

Pour soi : porter une pierre de lune peut renforcer l'ouverture à la guidance spirituelle et développer l'intuition.

Pour la maison : facilite la transition après une journée de travail pour retrouver son cocon et sa vie de famille.

Pour le bureau : apporte du calme dans un environnement animé ou qui change rapidement.

HOWLITE

Calme + Conscience de soi + Ouverture

Couleur : blanc

Chakras : Racine + Couronne supérieure

Principaux gisements : États-Unis

En quoi est-il magique ? La howlite a deux effets diamétralement opposés : elle harmonise l'esprit jusqu'à atteindre une conscience supérieure tout en offrant un ancrage subtil. Comme elle fait taire la cacophonie mentale causée par l'anxiété et le stress, la howlite accompagne idéalement la préparation à la méditation ou à un sommeil profond et réparateur. Cette pierre stimule l'inspiration et la créativité, car elle ouvre l'esprit aux idées nouvelles et aide à lutter contre la procrastination. Elle se révèle particulièrement utile pour communiquer avec sincérité dans des situations difficiles dans la mesure où elle apaise la colère et les émotions fortes, et renforce les bonnes manières et l'intégrité. La howlite est une pierre bénéfique pour les soins préventifs. Elle consoliderait les os et les dents.

Note : la howlite doit son nom au géologue Henry How qui l'a découverte en Nouvelle-Écosse, au Canada.

UTILISATION :

Pour soi : si vous devez échanger avec une personne à mauvais caractère, placez une howlite dans votre poche.

Pour la maison : crée un environnement ouvert et productif.

Pour le bureau : utile lors de séances de brainstorming.

CITRINE

Abondance + Tonification + Prospérité

Couleurs: jaune + orange

Chakras: Plexus solaire + Couronne supérieure

Principaux gisements: Brésil

En quoi est-il magique? La citrine est un cristal de manifestation. Elle est surnommée « la pierre des marchands » pour sa capacité à favoriser l'abondance, ce terme faisant davantage référence à l'état d'esprit qu'à l'argent ou au succès au sens traditionnel. La citrine vous apprend à apprécier ce que vous possédez et à trouver de la joie dans toutes les richesses de la vie. Elle consolide la confiance et l'estime de soi pour vous permettre d'atteindre vos objectifs. Cette pierre a également le pouvoir de dissiper les énergies épuisées afin de laisser la place aux désirs réels du cœur. Ses vibrations incitent à poser un regard positif sur les choses, permettant ainsi de surmonter plus facilement les obstacles. Elle stimule aussi incroyablement la créativité. Enfin, la citrine renferme le pouvoir du soleil et peut aider à lutter contre la fatigue intense et la dépression.

Note: la citrine est une variété de quartz qui doit sa teinte jaune à l'oxydation du fer. Son nom dérive du latin *citrina* qui signifie « jaune ».

UTILISATION:

Pour soi: tenez une citrine pendant une séance de visualisation pour aider votre objectif à se manifester.

Pour la maison: réchauffe l'ambiance d'une pièce et contribue au sentiment de bonheur.

Pour le bureau: favorise la motivation et la créativité.

AMÉTHYSTE

Paix + Spiritualité + Purification

Couleur: violet

Chakras: Troisième œil + Couronne supérieure

Principaux gisements: Brésil, Mexique, Afrique du Sud

En quoi est-il magique? L'améthyste irradie la paix pure et la tranquillité. Cette pierre délicate, mais puissante, ouvre le Troisième œil et éveille la spiritualité intérieure. Elle purifie l'esprit, l'apaise et le prépare à la méditation en laissant suffisamment d'espace pour éveiller la conscience. Utilisée dans l'Antiquité pour atténuer les effets de l'ivresse, l'améthyste est aussi connue pour être la pierre de la sobriété.
Elle aide à faire face à un comportement addictif et à en comprendre les raisons, qu'il s'agisse d'une dépendance émotionnelle ou à des substances toxiques. L'améthyste favorise la maîtrise de soi et diminue les excès. C'est une pierre guérisseuse qui peut aider en cas d'insomnie, ou pour soulager les maux de tête et la fatigue oculaire.

Note: les teintes violettes de ce quartz sont dues à une exposition aux radiations et aux impuretés, telles que le fer. L'améthyste tire son nom du grec *amethystos* signifiant « qui n'est pas ivre ».

UTILISATION :

Pour soi: méditez en plaçant une améthyste sur votre Troisième œil pour sentir son énergie guérisseuse et nettoyer vos chakras supérieurs.

Pour la maison: dissipe la négativité et crée une atmosphère paisible.

Pour le bureau: protège un espace des énergies néfastes provenant des collègues ou de l'environnement.

CHAROÏTE

Générosité + Acceptation + Illumination

Couleurs : violet + gris + noir

Chakras : Cœur + Troisième œil + Couronne supérieure

Principaux gisements : Russie

En quoi est-il magique ? La charoïte allie l'énergie spirituelle et l'amour profond avec le chakra du cœur. Cette pierre aux vibrations intenses possède des effets puissants. Elle rappelle qu'il faut être présent ici et maintenant, tout en aidant à accepter le passé et ce que le futur réserve. C'est un formidable outil pour renforcer l'empathie et donner envie de servir les autres. La charoïte vous aide à surmonter vos peurs et vous donne le courage nécessaire pour traverser les périodes difficiles et relever des défis. Elle stimule la circulation d'énergie dans le corps et peut susciter de nombreuses pensées positives. Elle établit une connexion au divin en créant de l'espace pour la guidance spirituelle et l'introspection. Les guérisseurs considèrent que ce cristal renforce également la résistance physique.

Note : la charoïte doit son nom au fleuve Chara qui traverse la Sibérie, près duquel elle a été observée pour la première fois en 1978. Elle est parfois chatoyante, effet que l'on appelle « œil de chat ».

UTILISATION :

Pour soi : gardez-la près de vous pour vous rappeler de vivre dans l'instant.

Pour la maison : incite à faire passer les autres membres du foyer avant soi.

Pour le bureau : accroît la motivation et diminue la procrastination.

APOPHYLLITE

Illumination + Alignement + Conscience de soi

Couleur : blanc

Chakra : Couronne supérieure

Principaux gisements : Allemagne, Inde, États-Unis

En quoi est-il magique ? L'apophyllite vous aide à vous voir tel que vous êtes vraiment. C'est une pierre révélatrice qui améliore la lucidité tout en ancrant l'esprit. Elle vous donne ainsi une excellente conscience de vous-même, vous aide à comprendre les raisons qui guident votre comportement et à les équilibrer afin de parvenir à l'harmonie émotionnelle et spirituelle. Pierre paisible et énergisante, l'apophyllite soulage le stress en vous rappelant que vous faites partie d'un ensemble beaucoup plus vaste, baigné dans une énergie supérieure. En alignant le corps et l'esprit, ce cristal vous permet de faire des choix en accord avec une vibration supérieure. Il possède une énergie apaisante, favorise la relaxation profonde et l'optimisme. Il renforcerait le système respiratoire et soulagerait les allergies.

Note : le terme « apophyllite » fait référence à trois minéraux différents, mais similaires. Il vient du grec *apophylliso* qui signifie « perdre ses feuilles », en raison de la friabilité de ces minéraux.

UTILISATION :

Pour soi : méditez en tenant une apophyllite afin de mieux percevoir les schémas négatifs et comprendre comment les modifier.

Pour la maison : crée un environnement paisible favorable à l'énergie spirituelle.

Pour le bureau : améliore l'organisation et l'efficacité.

AMÉTHYSTE CACTUS

Harmonie + Spiritualité + Patience

Couleurs : lavande + violet

Chakra : Couronne supérieure

Principaux gisements : Afrique du Sud

En quoi est-il magique ? L'améthyste cactus apporte un enthousiasme émotionnel, intensifié par toutes les pointes dont elle est composée. Elle irradie un sentiment global de bien-être et vous baigne de son énergie. En ouvrant le chakra de la Couronne, ce cristal vous connecte à une conscience supérieure et facilite l'assimilation de la sagesse divine. L'améthyste cactus aligne tous les chakras. Elle est bénéfique pour les groupes, car elle améliore la patience, la compassion, l'harmonie et la bonne entente. C'est aussi une pierre très spirituelle qui peut apporter un soutien précieux en fin de vie. Elle donne une orientation et elle réconforte, pas uniquement la personne atteinte, mais aussi celles qui vivront le deuil. De plus, l'améthyste cactus stimule l'énergie physique et revitalise le corps.

Note : la texture et l'éclat de l'améthyste cactus sont dus à de minuscules druses (cristallisations) qui se forment sur les différentes faces d'un cristal de quartz pointu. On l'appelle parfois « améthyste en ananas ».

UTILISATION :

Pour soi : placez une améthyste cactus sous votre oreiller pour renforcer vos rêves.

Pour la maison : crée un environnement familial harmonieux et uni.

Pour le bureau : aide à mieux comprendre les désaccords entre collègues et à équilibrer les dynamiques de groupe.

AQUA AURA

Purification + Apaisement + Communication

Couleur: bleu

Chakras: Gorge + Troisième œil + Couronne supérieure

Principaux gisements: États-Unis

En quoi est-il magique? L'aqua aura est un coach personnel sous forme de cristal. Ce n'est pas un cristal naturel (voir note ci-dessous) mais l'association du quartz à de l'or lui confère une intensité supérieure. Il illuminera votre chemin et vous donnera la confiance pour avancer. L'aqua aura favorise l'abondance, mais pas nécessairement sous forme matérielle. Elle rappelle les façons plus naturelles de mesurer le succès. Associée au chakra de la gorge, elle favorise une communication claire et sincère. Ce minéral est aussi bénéfique pour les chakras supérieurs. Il ouvre les voies spirituelles de la communication et offre une protection psychique puissante. Ce cristal vibrant accroît la circulation de l'énergie et favorise le bien-être en général.

Note: les cristaux dits « aura » sont des quartz recouverts de métaux précieux. Cette alchimie intensifie leur pouvoir. Pour fabriquer l'aqua aura, on fait fusionner des atomes d'or avec le quartz, ce qui lui donne son éclat métallique.

UTILISATION :

Pour soi: méditez en tenant une aqua aura pour vous connecter à votre véritable trajectoire de vie.

Pour la maison: favorise la communication positive et un environnement prospère.

Pour le bureau: inspire de nouvelles idées et aide à trouver sa voie professionnelle.

LÉPIDOLITE

Acceptation + Indépendance + Confiance

Couleur : blanc

Chakras : Troisième œil + Couronne supérieure

Principaux gisements : Brésil, Russie, États-Unis

En quoi est-il magique ? Le lépidolite stabilise l'esprit, atténue les sautes d'humeur et apaise les sentiments intenses. Particulièrement utile en période de transition, cette pierre peut vous attirer à la veille d'un changement important. Le lépidolite permet de sortir des spirales négatives et des comportements addictifs (dépendance physique ou émotionnelle). Il aide à se détacher du passé en inspirant amour et confiance en soi. Cette pierre est à la fois délicate et puissante, en particulier dans le domaine de l'estime de soi et de l'acceptation. L'énergie apaisante du lépidolite soulage le stress. Les guérisseurs l'utilisent pour traiter les douleurs en général et atténuer les symptômes du sevrage.

Note : de la famille des micas, le lépidolite contient une quantité importante de lithium. Ses teintes rose et violette résulteraient d'inclusions de manganèse.

UTILISATION :

Pour soi : méditez avec un lépidolite pour prévenir des comportements destructeurs ou favoriser les changements nécessaires pour aller de l'avant.

Pour la maison : crée une sensation de calme, notamment en ville.

Pour le bureau : donne confiance en ses capacités tout en attirant le soutien de ses collègues.

MANGANOCALCITE

Amour de soi + Compassion + Énergie féminine

Couleur : rose

Chakras : Cœur + Couronne supérieure

Principaux gisements : Mexique, Roumanie, Slovaquie

En quoi est-il magique ?
La manganocalcite possède une énergie douce et guérisseuse. C'est la pierre de l'amour de soi et du pardon. Elle peut soulager la douleur en cas de deuil ou de traumatisme émotionnel, et vous aider à vous retrouver. Ce minéral dissipe la peur, renforce la confiance et alimente un rayonnement intérieur. Elle possède un effet apaisant incroyable sur le chakra du cœur, en adoucissant ses contours les plus acérés et en favorisant la compassion. Elle vous réapprendra à voir ce que les autres et vous-même avez de meilleur en vous.
La manganocalcite a le pouvoir d'apaiser l'anxiété et d'empêcher les cauchemars. Elle donne envie de prendre soin de soi, ce qui améliore le bien-être global.
Son énergie féminine serait bénéfique pour le système reproducteur féminin.

Note : la manganocalcite doit sa teinte rose à d'importantes quantités de manganèse.

UTILISATION :

Pour soi : méditez en tenant une manganocalcite si vous avez besoin d'une dose d'amour maternel.

Pour la maison : crée un environnement réconfortant où l'amour est donné et reçu en toute liberté.

Pour le bureau : aide à accepter les compliments et à apprécier la valeur de votre travail.

SERPENTINE

Éveil + Protection + Positivité

Couleurs : vert + marron

Chakras : Cœur + Couronne supérieure

Principaux gisements : Angleterre, Italie, États-Unis

En quoi est-il magique ? La serpentine protège à la fois émotionnellement et physiquement. Elle offre une connexion profonde à la terre, et rappelle l'importance et la beauté de la nature. Cette pierre aide à nettoyer les chakras et à dépasser les blocages énergétiques, donnant le sentiment d'un nouveau départ. Elle ancre en douceur tout en élevant la conscience. Elle agit également sur les émotions et les hormones. Si vous avez l'impression que la vie décide pour vous, elle peut vous aider à reprendre le contrôle. La serpentine pourrait éveiller la kundalini, l'énergie enroulée comme un serpent à la base de la colonne vertébrale, et la faire circuler à travers les chakras jusqu'à la couronne, afin d'atteindre une conscience supérieure. Les guérisseurs conseillent de l'utiliser pour détoxifier le corps.

Note : la serpentine désigne une famille de minéraux (principalement l'antigorite et le chrysotile) dont la couleur et la texture ressemblent à la peau de serpent. Le chrysotile est considéré comme une serpentine, mais il s'agit d'une forme d'amiante qui ne doit pas être utilisée pour soigner.

UTILISATION :

Pour soi : placez une serpentine près de vous lorsque vous méditez pour favoriser une pratique profonde et paisible.

Pour la maison : protège le foyer et les personnes qui s'y trouvent.

Pour le bureau : protège contre les rumeurs et les médisances.

SUGILITE

Amour inconditionnel + Authenticité + Spiritualité

Couleur : violet + mauve

Chakra : Couronne

Principaux gisements : Canada, Japon, Afrique du Sud

En quoi est-il magique ? Ce cristal diffuse une positivité violette qui emplit d'abord votre cœur avant d'étendre ses chauds rayons jusqu'au chakra couronne. La sugilite est la pierre de l'amour inconditionnel, elle guérit les traumatismes sentimentaux, purifie de toute influence négative et vous ouvre à l'enseignement et au soutien divin. C'est un cristal agréable qui renforce vos liens authentiques et vous aidera à vous défaire des relations qui ne vous sont plus bénéfiques. Son énergie vibratoire nourrit l'espoir, diffuse une aura protectrice et prépare à l'éveil spirituel en ouvrant le cœur. Il peut être très utile à ceux qui cherchent à se débarrasser de certains schémas ou habitudes néfastes, leur permettant d'aller de l'avant avec grâce et mansuétude.

Note : la sugilite tient son nom de Ken-ichi Sugi, le minéralogiste japonais qui l'a découverte en 1944.

UTILISATION :

Pour soi : gardez une sugilite près de vous si vous vous sentez vulnérable et que vous avez besoin d'un rappel que vous êtes aimé.

Pour la maison : diffuse de la positivité et approfondit les liens entre les personnes qui vivent dans cet espace.

Pour le bureau : ouvre les canaux de la créativité et permet à l'énergie de votre cœur de circuler librement.

CHAKRA DU TROISIÈME ŒIL

Intuition + Sagesse supérieure + Harmonie

Nom sanskrit
Ajna : *Ajna* se traduit par « percevoir » ou « au-delà de la sagesse ».

En bref : le chakra du troisième œil, parfois appelé chakra des sourcils, est le sixième chakra de notre système énergétique. Il se situe sur le front, entre les sourcils. C'est le siège de notre intuition et de « l'œil » avec lequel nous voyons au-delà du monde physique. C'est le centre de l'esprit, qui rassemble notre intuition et notre intellect afin d'aviver notre curiosité et de comprendre notre existence. C'est là que se trouve notre source de sagesse inépuisable et que nous nous ouvrons aux conseils de notre guide intérieur et divin.

Si le chakra de la gorge est un pont entre le cœur et l'esprit, la porte vers le divin, le chakra du troisième œil est celui qui nous rend capables d'explorer pleinement et d'atteindre un niveau de conscience supérieure. Il nous fait découvrir un nouveau niveau de vibration. *Ajna* est l'endroit où nous nous connectons à notre intuition et la développons, où nous nous reconnectons à notre guide intérieur, celui qui puise dans l'énergie au-delà de notre corps physique afin d'améliorer notre perception et d'éclairer notre chemin. Le chakra du troisième œil est celui qui nous enseigne comment faire confiance à ce que nous ne pouvons pas entendre, toucher, sentir, goûter ou voir avec nos yeux, mais que nous pouvons percevoir avec notre moi intérieur, ce que nous pouvons « voir » avec les yeux de notre esprit. Il intègre ces deux manières de savoir, afin que nous puissions rester pleinement présents tandis que notre capacité de compréhension s'accroît de manière exponentielle. *Ajna* nous apporte une confiance intérieure profonde. Nous avons confiance en notre intuition, en notre chemin, nous pensons que toutes les choses sont telles qu'elles devraient être. Ce flux d'énergie nous traverse dans un sentiment d'harmonie véritable, il irradie et met en lumière la totalité de notre interconnexion.

ÉLÉMENT
LUMIÈRE

LOCALISATION
FRONT, ENTRE LES SOURCILS

ALIMENTS
• • POISSONS GRAS
• • AUBERGINE
• • CHOU KALE VIOLET
• • FIGUES

SYMBOLE

COULEUR

INDIGO

HUILES ESSENTIELLES
BERGAMOTE, CAMOMILLE ROMAINE, GENÉVRIER, ROMARIN, VÉTIVER

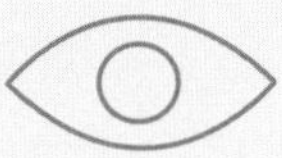

SENS
VUE

CRISTAUX
AZURITE, CORDIÉRITE, LAPIS-LAZULI, SODALITE

SYMPTÔMES DE DÉSÉQUILIBRE

Un déséquilibre du chakra du troisième œil peut engendrer des sentiments de déconnexion, de méfiance vis-à-vis de notre intuition et toutes sortes de problèmes dus au fait d'être trop « dans notre tête ». Sur le plan physique, il gouverne notre épiphyse, ou glande pinéale, ainsi que notre vue, nos sinus et la partie inférieure de notre cerveau.

Chakra suractif: quand *ajna* est suractif, ce qui est très rare, vous êtes déconnecté de la réalité, y compris dans vos fantasmes et vos rêveries qui n'ont aucun ancrage dans le réel. Vous pouvez aussi vous sentir bombardé de visions et de rêves car vous n'avez pas la capacité ou l'équilibre suffisants pour les accueillir et les analyser convenablement.

Chakra sous-actif: à l'époque actuelle, où notre réalité est ancrée dans le monde physique et où nous nous appuyons constamment sur les technologies, qui nous envahissent, il est courant d'avoir un chakra du troisième œil bloqué. Il arrive que nous nous sentions coupés de notre intuition ou méfiants vis-à-vis de notre voix intérieure, ou que nous l'ignorions. Nos pensées peuvent nous sembler restreintes et limitantes, et nous appréhendons l'idée de les élargir, ou nous y résistons. Il peut arriver que nous ayons la sensation que notre vie manque de sens ou d'un objectif, l'impression qu'elle doit avoir quelque chose de plus à offrir auquel nous n'avons pas accès.

SYMPTÔMES MENTAUX & ÉMOTIONNELS

Quand notre chakra du troisième œil n'est pas aligné, nous ressentons un manque de guidage interne et nous en payons le prix mentalement, émotionnellement et spirituellement.

- Déconnexion vis-à-vis de notre intuition
- Insatisfaction générale
- Manque de sens
- Sentiment d'être dépassé
- Tendance à trop réfléchir
- Difficulté à prendre des décisions
- Incapacité à se concentrer
- Mauvaise mémoire

SYMPTÔMES PHYSIQUES

Un chakra du troisième œil déséquilibré peut engendrer divers symptômes physiques.

- Maux de tête
- Insomnie ou cauchemars
- Problèmes de vue
- Troubles hormonaux liés à l'hypophyse

BIENFAITS DE L'ÉQUILIBRE

Lorsque le troisième œil est ouvert, nous ne nous fions plus uniquement à nos sens physiques pour y trouver des informations. Notre perception s'ouvre, nous voyons la beauté, la magie et la connexion énergétique en tout. Nous ne limitons plus notre savoir aux choses qui se trouvent juste devant nous. Nous avons pleinement conscience de nous-mêmes et nous y sommes connectés, ainsi qu'à notre environnement et à ceux qui nous entourent. Nous utilisons toutes les informations que nous recevons pour prendre nos décisions avec certitude. En même temps, nous ne sommes pas excessivement attachés au résultat, nous voyons simplement les choses telles qu'elles sont, pas telles que nous aimerions qu'elles soient.

Un état de flux : purifier et ouvrir notre chakra du troisième œil nous aident à vibrer à un niveau supérieur, en regardant les autres avec l'ouverture d'esprit que nous avons trouvée en nous-mêmes. Nous avançons avec curiosité et acceptation et non pas en jugeant et critiquant. Nous sommes en mesure d'être pleinement présents, de découvrir le monde avec un regard plus large plutôt qu'en ne le regardant qu'à travers notre point de vue personnel. Un *ajna* équilibré nourrit notre amour, notre acceptation, notre interconnexion et notre harmonie. Nous voyons les choses plus clairement.

AJNA EN HARMONIE

Pour pouvoir travailler activement à ouvrir le chakra du troisième œil, il est indispensable d'avoir équilibré les chakras inférieurs. Cela nous apporte l'ancrage et la stabilité suffisante pour nous permettre d'accéder à notre capacité à « voir » véritablement.
Un chakra du troisième œil équilibré apporte :

- Intuition
- Conscience
- Guidage interne
- Intelligence émotionnelle
- Confiance en soi
- Capacité à prendre des décisions
- Confiance
- Harmonie
- Empouvoirement

AFFIRMATION DU CHAKRA DU TROISIÈME ŒIL : « JE VOIS »

Le chakra du troisième œil nous permet d'avoir confiance en ce qui se trouve au-delà de ce que nous voyons, au-delà de notre expérience, qui est limitée. Lorsque nous ouvrons notre chakra du troisième œil, nous pouvons affirmer : « Je vois. »

CRISTAUX

Les cristaux qui résonnent avec le chakra du troisième œil nous reconnectent à notre intuition, soutiennent notre conscience spirituelle et nous font découvrir de nouvelles manières de voir. Toutes les pierres présentées ici sont bénéfiques pour le chakra du troisième œil, mais chacune porte sur une aire de guérison différente, avec des variations énergétiques subtiles.

AZURITE

Également appelée « pierre du paradis », l'azurite nous aide à renforcer notre connexion au divin en nous rendant plus réceptif.ve.s à ce qui est vrai et conscients de ce qui pourrait être. L'azurite est aussi une pierre de perspective, qui nous ouvre doucement à d'autres manières de voir et nous encourage à abandonner les pensées limitantes et inutiles.

À vous de jouer : posez une azurite sur votre autel ou votre table de chevet lorsque vous travaillez à aligner *ajna*.

CORDIÉRITE

La couleur bleu profond de la cordiérite agit telle une lumière qui nous guide sur le plan énergétique : elle peut éveiller la conscience, élargir notre point de vue, affûter notre compréhension et nous aider à nous connecter à une conscience supérieure. Elle résonne délicatement d'une positivité harmonieuse. Si vous rencontrez des difficultés pour vous reconnecter à votre intuition, utilisez la cordiérite pour vous retrouver.

À vous de jouer : méditez en tenant un morceau de cordiérite dans votre main pour vous aider à apaiser votre esprit et monter le volume de votre voix intérieure.

LAPIS-LAZULI

Le lapis-lazuli est une pierre idéale pour purifier le chakra du troisième œil au début du travail sur *ajna*. Son énergie est celle de la vérité et de la connaissance. Elle vous donnera envie de regarder au-delà de ce que vous connaissez et de chercher des réponses et perspectives en dehors de vous-même. Elle peut aussi renforcer votre connexion au divin.

À vous de jouer : avant de commencer votre travail sur votre chakra du troisième œil, allongez-vous sur le dos et posez un lapis-lazuli sur votre front, entre vos sourcils, pour activer le chakra et vous inspirer dans votre cheminement.

SODALITE

Une fois que vous avez entamé votre travail pour ouvrir votre troisième œil, utilisez la sodalite pour l'approfondir et veiller à ce que votre énergie reste équilibrée. La sodalite a le pouvoir d'éveiller votre perception tout en gardant vos pieds bien ancrés sur terre.

À vous de jouer : intensifiez les vibrations d'un mélange d'huiles essentielles en y ajoutant quelques morceaux de sodalite.

Dans le sens des aiguilles d'une montre en partant du haut : azurite, cordiérite, sodalite, lapis-lazuli.

AZURITE

Compréhension + Purification + Conscience supérieure

Couleur: bleu

Chakras: Gorge + Troisième œil

Principaux gisements: Mexique, Namibie, États-Unis

En quoi est-il magique? L'azurite ouvre la porte à la vérité. D'une couleur bleu profond, on la surnomme « pierre du paradis » en raison de ses vibrations importantes avec le chakra du Troisième œil. Ce minéral peut dissiper les blocages émotionnels et énergétiques afin de révéler la compréhension du divin, d'approfondir l'intuition et la conscience spirituelle. Il vous aidera à poser un nouveau regard sur les choses et à abandonner des schémas de pensée qui vous freinent ou des habitudes désormais inutiles. L'azurite est aussi excellente pour tous les problèmes de communication, que vous ayez peur de vous faire entendre ou tendance à trop parler lorsque vous êtes nerveux. Les guérisseurs considèrent qu'elle améliore la circulation et qu'elle serait aussi bénéfique pour le cerveau.

Note: très proche de la malachite, l'azurite est un carbonate de cuivre. Sa couleur bleue intense est due à l'altération de dépôts d'autres minéraux.

UTILISATION:

Pour soi: méditez en tenant une azurite pour réinitialiser votre état d'esprit et vous connecter à votre vérité.

Pour la maison: favorise un environnement de communication ouverte et honnête avec un partenaire, un membre de la famille ou un colocataire.

Pour le bureau: améliore les capacités de concentration et de prise de décision.

ROSE DES SABLES

Limpidité + Purification + Protection

Couleurs : beige et blanc

Chakras : Racine + Troisième œil

Principaux gisements : Australie, Mexique, États-Unis

En quoi est-il magique ? La rose des sables repousse délicatement les énergies négatives. Vous pouvez l'utiliser comme une pierre protectrice pour éloigner les mauvaises influences. Elle sert également de guide spirituel et vous aide à puiser dans votre vérité supérieure. Apaisante, elle soulage l'anxiété et les phobies. Elle est aussi très efficace pour purifier les chakras. La rose des sables possède des propriétés illuminatrices. Elle révèle à la fois le bon et le mauvais dans toutes les situations. Elle nous apprend que la vie est faite de hauts et de bas, ce qui lui donne du sens, et favorise les sentiments d'appréciation et d'acceptation. Les guérisseurs l'utilisent pour soulager les nausées et le mal des transports. Elle est aussi utile pour traiter les troubles gastro-intestinaux liés à l'anxiété.

Note : la rose des sables a besoin d'un environnement aride et désert pour se former. Des amas de baryte ou de gypse s'accumulent autour de grains de sable et créent des formes rappelant les pétales de rose.

UTILISATION :

Pour soi : portez une rose des sables sur vous comme un talisman protecteur.

Pour la maison : renforce un mariage ou une relation de longue date en faisant ressortir ce qui est vraiment important.

Pour le bureau : améliore les capacités de concentration et facilite les prises de décision.

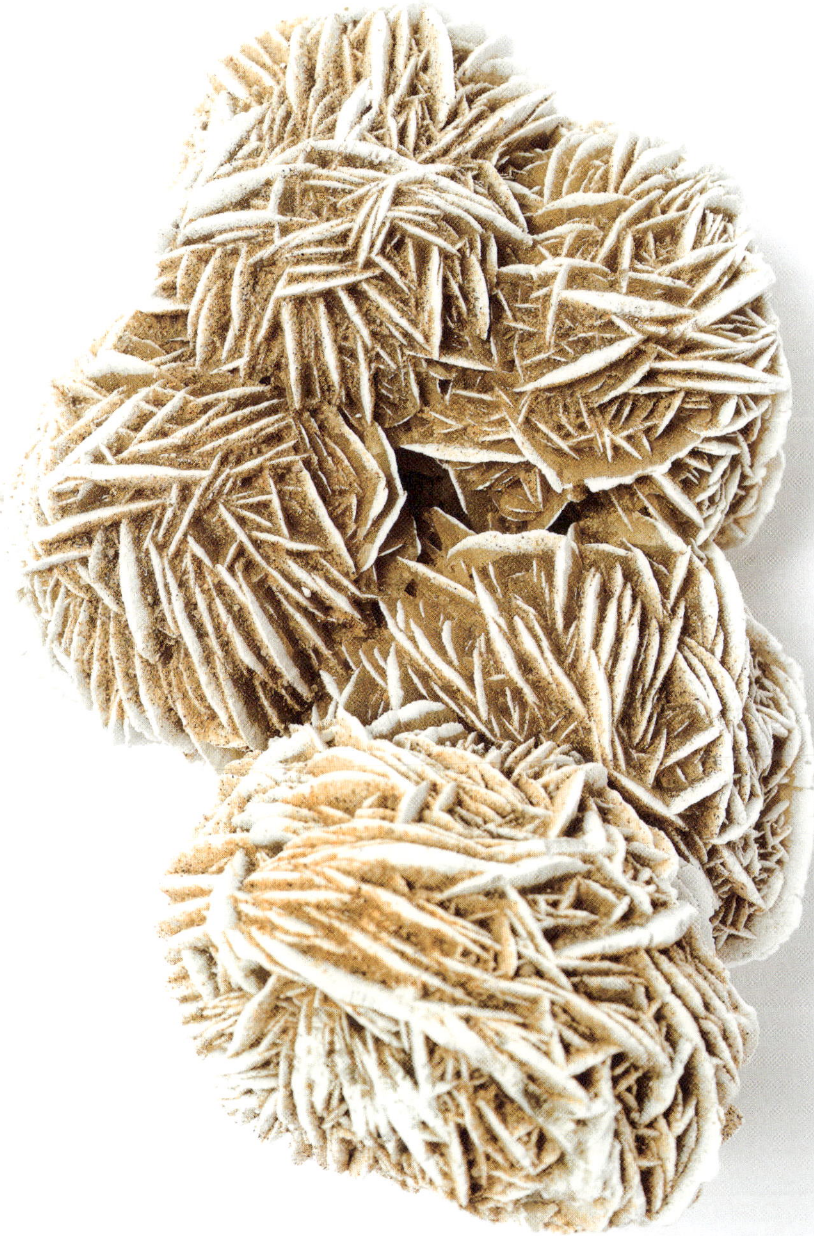

AGATE RUBANÉE

Protection + Guérison + Équilibre

Couleur : multicolore

Chakras : Racine + Troisième œil

Principaux gisements : Argentine, Brésil, Mexique

En quoi est-il magique ? L'agate rubanée harmonise le corps, l'âme et l'esprit. Ses lignes parallèles équilibrent les énergies du yin et du yang. L'agate est depuis longtemps utilisée comme une pierre protectrice, un bouclier contre les pensées négatives. Elle apaise également les angoisses profondes, les sentiments de colère et les conflits intérieurs révélant la vérité.

L'agate attire l'abondance, mais son énergie est lente et régulière. Elle apporte prospérité et succès progressifs. Cette pierre issue de la terre permet un ancrage profond. Elle nettoie aussi le chakra du Troisième œil et ouvre la voie vers la conscience supérieure. L'agate est une pierre guérisseuse : elle sensibilise le corps à ses affections afin qu'il équilibre lui-même ses systèmes.

Note : l'agate rubanée est surnommée « arc-en-ciel terrestre » en raison de l'alternance de ses bandes de différentes couleurs. Son nom viendrait de l'Achates, rivière italienne aujourd'hui appelée Dirillo, près de laquelle l'agate aurait été découverte par le philosophe grec Théophraste.

UTILISATION :

Pour soi : allongez-vous et posez une agate sur votre Troisième œil afin de calmer votre tumulte intérieur et mieux comprendre la vérité.

Pour la maison : encourage la fidélité entre partenaires amoureux.

Pour le bureau : améliore la concentration et la résolution de problèmes.

SAPHIR

Sagesse + Spiritualité + Calme

Couleur : bleu

Chakras : Gorge + Troisième œil

Principaux gisements : Australie, Madagascar, Sri Lanka

En quoi est-il magique ? Pierre de la sagesse terrestre et spirituelle, le saphir peut résoudre des problèmes de communication, car il aide à se connaître, à exprimer plus clairement ses pensées et à comprendre ce que les autres essaient de dire. Le saphir favorise la confiance en soi en donnant la capacité de prendre fermement position. Il vous poussera à chercher la vérité et à la révéler. Sa douce couleur bleue soulage les tensions et apaise les esprits hyperactifs. Cette pierre favorise la prospérité, aide à identifier ses rêves et à les atteindre.
Elle encourage l'intégrité sans faille, l'engagement profond et la loyauté.
Elle améliorerait le sommeil et la vue.

Note : le saphir appartient à la famille des corindons. Bien qu'il soit le plus souvent bleu (en raison de la présence de titane et de fer), il peut aussi être rose, vert, jaune... Le rubis est un corindon de couleur rouge.

UTILISATION :

Pour soi : placez un saphir sur le chakra de la Gorge pour libérer votre expression personnelle et atténuer les frustrations causées par des problèmes de communication.

Pour la maison : favorise l'engagement et la fidélité entre partenaires amoureux.

Pour le bureau : clarifie l'esprit et inspire la sagesse.

AVENTURINE BLEUE

Motivation + Conscience + Force

Couleur: bleu

Chakras: Gorge + Troisième œil

Principaux gisements: Inde

En quoi est-il magique? L'aventurine bleue vous aide à prendre votre destin en main. Cette pierre forte et apaisante donne envie de rompre avec le passé, de se défaire des énergies inutiles et d'aller de l'avant, notamment en perdant de mauvaises habitudes ou en abandonnant des comportements addictifs. Comme elle favorise la lucidité, elle aide à la prise de décision. Elle apporte le soutien et la persévérance nécessaires pour atteindre ses objectifs. L'aventurine bleue possède une énergie masculine et régulière favorable à la rationalité et la paix intérieure. Elle ouvre à de nouvelles opportunités et invite à l'aventure. Elle protège lors des voyages. Les guérisseurs considèrent qu'elle aide à soulager la douleur et qu'elle améliore l'endurance.

Note: l'aventurine est une variété de quartz avec des inclusions brillantes, souvent du mica. Sa teinte bleue vient de la présence de muscovite (de la famille des micas) ou d'ilménite (oxyde de fer et de titane de couleur noire).

UTILISATION :

Pour soi: si vous êtes dans l'impasse, utilisez l'aventurine bleue pour comprendre les raisons de cette situation et trouver la force d'entreprendre des changements.

Pour la maison: apporte un sentiment de calme et favorise la circulation des énergies.

Pour le bureau: améliore la confiance et les capacités de direction.

DUMORTIÉRITE

Patience + Légèreté + Spiritualité

Couleur : bleu

Chakras : Gorge + Troisième œil

Principaux gisements : Autriche, France, États-Unis

En quoi est-il magique ? La dumortiérite a le pouvoir de tranquilliser. Elle atténue la colère et l'anxiété tout en créant une sensation de bien-être et de confort. Ce minéral bleu apaisant vous donnera envie de rire davantage en vous libérant de la pesanteur des émotions ou des schémas de pensée négatifs. Il peut vous aider à rompre avec des personnes ou des choses qui n'ont plus leur place dans votre vie, et s'avère particulièrement bénéfique pour traiter les tendances à l'addiction, la compulsion ou la dépendance. La dumortiérite optimise l'organisation, car elle agit comme un élément d'ancrage en plein cœur du chaos. Idéale pour purifier le chakra de la gorge, elle vous aide à exprimer votre vérité et renforce votre confiance en vous. Lorsqu'elle accompagne la méditation, elle ouvre les chakras et favorise la connexion au divin. Elle apaise les troubles du sommeil, ainsi que les maux de tête et de ventre.

Note : la dumortiérite a été nommée ainsi par le minéralogiste Ferdinand Gonnard en 1881, en hommage au paléontologue français Eugène Dumortier. Elle est souvent présente en inclusion dans le quartz. Sa couleur résulterait de l'oxydation du titane.

UTILISATION :

Pour soi : placez une dumortiérite sous votre oreiller pour guérir les insomnies.

Pour la maison : apporte le calme dans un foyer désorganisé.

Pour le bureau : renforce la concentration et l'autodiscipline.

LAPIS-LAZULI

Vérité + Confiance + Contentement

Couleur : bleu profond

Chakras : Gorge + Troisième œil

Principaux gisements : Afghanistan, Chili, Pakistan

En quoi est-il magique ?

Le lapis-lazuli est la pierre de la vérité et de la connaissance. Sa couleur bleu profond crée une atmosphère paisible d'acceptation. Cette pierre éclaire la conscience de soi et les désirs les plus profonds. Elle améliore les capacités d'expression et chasse les énergies négatives résultant de difficultés à formuler ses pensées. Elle vous inspirera un désir d'information, une soif de connaissances et stimulera votre mémoire.

Le lapis-lazuli consolide les liens amicaux et familiaux, en renforçant la loyauté. Idéal pour travailler sur les rêves, il facilite les visions spirituelles et ouvre à la guidance divine. Il harmoniserait le fonctionnement de la thyroïde et d'autres glandes endocrines, et soulagerait les maux de gorge.

Note : le lapis-lazuli est principalement composé de lazurite, d'où sa couleur bleue intense. Des inclusions de pyrite le font briller. En latin, *lapis* signifie « pierre ». « lazuli » dériverait du persan *lāzhward* qui désigne la région où le minéral a été découvert en abondance, et qui a fini par signifier « bleu ».

UTILISATION :

Pour soi : placez-le sur votre Troisième œil pour nettoyer votre chakra et stimuler votre conscience spirituelle.

Pour la maison : inspire et entretient la loyauté envers son partenaire ou époux.

Pour le bureau : favorise le sérieux et l'intégrité sur le lieu de travail.

FLUORINE

Équilibre + Purification + Protection

Couleur : transparent

Chakras : Cœur + Troisième œil

Principaux gisements : Chine, Mexique, Afrique du Sud

En quoi est-il magique ?
La fluorine est un cristal source d'énergie. Cette pierre de stabilisation réduit le chaos et apaise l'esprit. Elle apporte un équilibre au moi intérieur et donne à voir une perspective plus vaste qui facilite la prise de décision et éclaire la voie à suivre. C'est un minéral purificateur. Il peut aider à rompre l'enchaînement d'événements défavorables, éloigner la négativité et apporter un regain d'énergie. La fluorine est connue pour éclairer les sentiments refoulés, afin de les analyser et de les accepter en douceur. Elle peut être utilisée pour disperser les ondes électromagnétiques, et équilibrer le corps et l'esprit. Elle est également connue pour stimuler le système immunitaire, et elle consoliderait les dents et les os.

Note : souvent translucide, ce cristal composé de fluorure de calcium existe aussi dans de nombreuses couleurs, chacune ayant des propriétés de guérison particulières.

UTILISATION :

Pour soi : placez une fluorine dans votre espace de méditation pour renforcer votre concentration.

Pour la maison : équilibre les énergies d'une pièce pour créer un environnement harmonieux.

Pour le bureau : favorise la concentration, la coopération et la créativité.

IOLITE

Intuition + Perspicacité + Vision

Couleurs : bleu + violet

Chakra : Troisième œil

Principaux gisements : Brésil, Inde, Madagascar

En quoi est-il magique ?
La iolite, aussi appelée cordiérite, est une pierre visionnaire. Sa couleur douce agit comme un guide délicat qui facilite la vision spirituelle. C'est un outil de navigation émotionnelle, qui aide à élever la conscience personnelle et à comprendre les comportements addictifs ou autodestructeurs. Sa positivité énergétique aide à dépasser de vieux obstacles, à dissiper un désaccord avec un ami ou un partenaire, et se reconnecter avec son véritable moi. La iolite stimule la créativité en ouvrant la voie à de nouveaux processus. Elle détoxifierait le corps et régulerait le métabolisme.

Note : « iolite » vient du grec *ios* qui signifie « violet ». C'est une pierre pléochroïque : ses teintes varient selon l'angle des rayons lumineux. On l'appelle aussi « pierre des Vikings » en mer, où elle sert à déterminer la position du soleil par temps couvert.

UTILISATION :

Pour soi : placez-la sur votre Troisième œil durant la méditation pour vous ouvrir aux découvertes spirituelles.

Pour la maison : irradie la pièce de bonheur lorsque la pierre est placée à un endroit où elle accroche la lumière.

Pour le bureau : inspire de nouvelles méthodes pour résoudre des problèmes anciens.

NUUMMITE

Ancrage + Énergie masculine + Découverte de soi

Couleurs : noir + iridescent

Chakras : Racine + Troisième œil

Principaux gisements : Groenland

En quoi est-il magique ? La nuummite est une pierre de découverte de soi et d'émancipation. Très ancienne, elle facilite la plongée au plus profond de l'âme. Elle révèle les mauvaises habitudes, les blocages cachés et les vérités les plus secrètes.
C'est une pierre purificatrice qui libère des bagages superflus pour faire émerger le moi véritable.
Ce processus, pas toujours facile, donne une sensation de puissance et de force. C'est une pierre à l'ancrage solide, connectée aux anciennes profondeurs de la terre. Beaucoup la considèrent comme la pierre des magiciens, car elle renforcerait les pouvoirs magiques. Protection psychique, elle repousse les énergies négatives et les effets de la pollution électromagnétique. Elle énergise le corps et permet un sommeil profond et réparateur. Elle stimulerait aussi la circulation.

Note : découvert à Nuuk, au Groenland, ce minéral est probablement le plus ancien, formé il y a près de trois milliards d'années. Ses taches sont dues aux différentes couches qui composent sa structure fibreuse.

UTILISATION :

Pour soi : méditez avec une nuummite si vous êtes prêt à examiner votre passé et à aller de l'avant.

Pour la maison : apporte une énergie terrestre puissante, rappelant l'importance de se connecter à la nature.

Pour le bureau : permet de réfléchir rapidement, en suivant son intuition.

SODALITE

Perception + Purification + Éveil

Couleur: bleu

Chakras: Gorge + Troisième œil

Principaux gisements: Afghanistan, Canada, États-Unis

En quoi est-il magique?
La sodalite est une pierre d'éveil. Elle offre un sentiment d'ancrage puissant tout en ouvrant le Troisième œil à la perception du divin. Elle aide à porter sur soi un regard honnête et objectif, et participe à l'épanouissement et au développement personnel. Elle stimule le sens de l'ordre et l'esprit pratique, car elle favorise la logique tout en ouvrant la voie de l'éveil. La sodalite est également appelée « pierre des poètes » pour son influence positive sur l'écriture. Elle inspire la créativité tout en la canalisant grâce un point de vue juste et honnête. Elle tempère la fougue et peut également diminuer le réchauffement physique du corps, ce qui la rend idéale pour soigner la fièvre.

Note: ce minéral de couleur bleu profond se forme lors de la cristallisation de roches volcaniques riches en sodium, d'où il tire son nom.

UTILISATION:

Pour soi: posez une sodalite sur votre Troisième œil pour éclaircir votre esprit et élever votre perception de vous-même à un niveau supérieur.

Pour la maison: améliore l'énergie créative au sein d'un foyer.

Pour le bureau: favorise le travail en groupe par l'émergence d'un objectif commun.

KÄMMERÉRITE

Intuition + Spiritualité + Guérison

Couleur : mauve + vert

Chakra : Troisième Œil + Couronne

Principaux gisements : Norvège, Suède, Turquie

En quoi est-il magique ?
La kämmererite est une pierre à haut pouvoir vibratoire qui peut jouer le rôle de clé en libérant votre intuition et en ouvrant la porte de votre troisième œil. Si vous êtes prêt à explorer un plan de conscience supérieur et à ouvrir votre cœur à une spiritualité plus profonde, prenez la kämmererite comme guide. C'est un cristal qui purifie et illumine à la fois, ce qui peut amplifier votre voix intérieure, élever votre conscience, et vous aider à devenir une meilleure version de vous-même. Cette pierre très rare possède aussi un grand pouvoir de guérison qui permet de travailler sur les traumatismes ou schémas négatifs qui vous affectent, et de les surmonter. La kämmererite est un cristal puissant qui s'adresse directement à votre esprit.

Note : la kämmererite est un minéral clinochlore rare. C'est la proportion de chrome qui détermine les colorations violettes.

UTILISATION :

Pour soi : méditez avec la kämmererite pour trouver une paix profonde et pour favoriser l'exploration intérieure.

Pour la maison : mettez un cristal sur votre table de nuit pour susciter des rêves et vous aider à les interpréter.

Pour le bureau : développe l'intuition pour trouver votre voie.

MAGNÉSITE

Paix + Créativité + Conscience supérieure

Couleur : blanc avec des veines grises

Chakra : Troisième Œil + Couronne

Principaux gisements : Brésil, Chine, Russie

En quoi est-il magique ? La magnésite diffuse un calme puissant : sa présence est apaisante pour le corps et l'esprit. Cette pierre d'un blanc laiteux peut provoquer une relaxation profonde permettant de se libérer du stress et des tensions, y substituant un sentiment de calme et de stabilité. Ce cristal permet aussi d'ouvrir son esprit, ménageant un espace pour la créativité, stimulant l'imagination et nourrissant un terreau fertile pour la visualisation. On l'associe aussi au chakra couronne : il permet de vous relier à votre intuition et d'amener votre corps physique vers les énergies au-delà du corps. Comme cette pierre crée une paix intérieure durable, elle vous donne aussi la possibilité de vous ouvrir à une conscience supérieure.

Note : nommée d'après sa composition chimique (carbonate de magnésium), la magnésite ressemble à s'y tromper à la howlite, mais ses propriétés sont totalement différentes.

UTILISATION :

Pour soi : utilisez la magnésite pour être pleinement présent dans l'instant, surtout pendant la méditation.

Pour la maison : crée un espace de détente, propice à la paix intérieure.

Pour le bureau : aide à réduire le stress et inspire une pensée créative.

BROOKITE

Conscience supérieure + Perspective + Illumination

Couleur : rouge-brun

Chakras : Troisième Œil + Couronne

Principaux gisements : Pakistan, Russie, Pays de Galles

En quoi est-il magique ? La brookite dégage une aura de spiritualité supérieure. Si vous souhaitez approfondir votre lien avec le divin, accéder aux connaissances de l'au-delà, ou simplement découvrir vos propres capacités surnaturelles, ce cristal pourra vous soutenir dans votre recherche. Considérez que c'est à la fois un ticket cosmique et un précepteur : son énergie offre une perspective éclairée ; en révélant les enseignements de mondes au-delà du nôtre, il nous rappelle le caractère éphémère de la vie, fait prendre du recul sur les tracas du quotidien et nous invite à apprécier pleinement tout ce que ce monde peut nous offrir.

Note : la brookite est une forme du dioxyde de titane que l'on trouve souvent dans du quartz. Certains des plus beaux spécimens ont été trouvés dans une région montagneuse du Pays de Galles, Snowdonia.

UTILISATION :

Pour soi : déposez un cristal de brookite sur votre autel afin de vous soutenir dans votre quête spirituelle.

Pour la maison : aide à garder une vision positive des choses, sans se laisser arrêter par ces petits détails auxquels vous ne pouvez rien changer.

Pour le bureau : encourage une vision d'ensemble, allège le stress causé par des détails sans importance.

PIERRE DE LUNE ARC-EN-CIEL

Conscience supérieure + Énergie féminine + Intuition

Couleur : iridescent + translucide

Chakras : Troisième Œil + Couronne

Principaux gisements : Australie, Canada, Inde

En quoi est-il magique ? La pierre de lune arc-en-ciel est une pierre très spirituelle qui semble contenir la magie et les mystères du cosmos dans sa structure même. Les éclats de couleur au cœur de la pierre semblent être une invitation à découvrir votre moi supérieur et vous offrir la sagesse des royaumes invisibles. Cette pierre dégage une énergie puissamment féminine vous ouvrant la voie vers de nouvelles manières de penser, à force d'initiation patiente et d'amour inconditionnel. C'est aussi un cristal de transformation qui déclenchera des changements positifs dans votre corps spirituel et émotionnel et vous soutiendra dans l'accroissement de votre conscience. La pierre de lune arc-en-ciel est particulièrement utile pour décupler votre intuition et pour développer vos dons psychiques.

Note : bien qu'on lui donne le nom de « pierre de lune », il s'agit en fait d'une forme translucide de labradorite (et non une orthoclase) et l'aspect iridescent est produit par la réflexion de la lumière sur des couches microscopiques incluses dans le minéral.

UTILISATION :

Pour soi : prenez une pierre de lune arc-en-ciel quand vous avez besoin de prêter l'oreille à votre voix intérieure.

Pour la maison : procure à une pièce une énergie nouvelle, inspirant des changements positifs.

Pour le bureau : stimule la créativité et exacerbe l'intelligence émotionnelle.

PÉTALITE

Connexion spirituelle + Sécurité + But supérieur

Couleur : rose + blanc + gris

Chakras : Troisième Œil + Couronne

Principaux gisements : Australie, Brésil, Canada

En quoi est-il magique ? Certains appellent la pétalite « la pierre des anges », et pour cause : elle diffuse une colossale énergie d'amour guérisseur, permet d'entrer en contact avec ses ancêtres et guide son utilisateur d'un sentiment de protection et de sécurité qui lui permet d'ouvrir son cœur et son esprit. Si vous avez l'impression que vous n'avez pas encore trouvé de mission dans votre vie, la pétalite vous aidera à trouver la voie qui est faite pour vous. Elle calmera votre cœur et votre esprit, fera taire les pensées récurrentes et le doute, permettant à votre voix intérieure de prendre la direction des opérations. Son énergie renforcera votre détermination, il vous suffira d'accepter ses bienfaits.

Note : le nom « pétalite » vient du grec *petalon*, qui signifie « feuille », en référence à son clivage parallèle parfait en forme de pétale.

UTILISATION :

Pour soi : utilisez-le pour approfondir votre pratique de la méditation et accéder à vos proches qui sont dans un autre monde.

Pour la maison : inonde le foyer d'une énergie d'amour tendre et douce.

Pour le bureau : clarifie vos objectifs et aide à réaliser des choses authentiques et inspirantes.

AGATE RAISIN

Clairvoyance + Stabilité + Amélioration des rêves

Couleur : mauve

Chakras : Troisième Œil + Couronne

Principaux gisements : Indonésie

En quoi est-il magique ? L'agate raisin est un cristal hautement vibratoire qui améliore l'intuition, établit la communication avec votre voix intérieure et accroît la connaissance de soi et du monde alentour, à la fois visible et invisible. Cette formation cristalline en petites billes détient des réponses importantes, surtout concernant les rêves et le travail sur les rêves. Non seulement l'énergie extrêmement apaisante de l'agate raisin est propice à un sommeil plus réparateur, mais elle améliore aussi la capacité à faire des rêves. Au réveil, cette pierre procure la réflexion et la clairvoyance nécessaires pour mieux comprendre les messages qui apparaissent durant votre sommeil. L'agate raisin possède une énergie stabilisante qui peut vous faire aller plus loin dans l'interprétation, lorsque vous êtes prêt à ouvrir suffisamment votre esprit.

Note : aussi appelée « calcédoine botryoïde », l'agate raisin tient son nom de sa couleur et de sa formation botryoïdale (composées de petites boules naturelles), mais l'appellation est trompeuse car, bien qu'il s'agisse d'un quartz, il n'est pas rubané, caractéristique essentielle des agates.

UTILISATION :

Pour soi : méditez avec une agate raisin pour calmer votre esprit et votre corps.

Pour la maison : déposez un cristal près de votre lit pour améliorer vos rêves et leur interprétation.

Pour le bureau : accroît la clairvoyance et l'inspiration.

MERLINITE

Magie + Intuition + Connexion psychique

Couleur : blanc + noir

Chakras : Troisième Œil

Principaux gisements : Brésil, Inde, Kazakhstan

En quoi est-il magique ? Avec son nom inspiré du fameux enchanteur Merlin, il est évident que cette pierre a de puissants liens avec la magie.
Si vous avez pour ambition d'explorer votre facette mystique, la merlinite peut être la porte d'entrée et le soutien que vous recherchez. C'est une pierre qui approfondit votre intuition, amplifie vos capacités psychiques et nourrit votre travail sur les sorts en vous aidant à vous relier aux énergies de l'invisible.
La merlinite permet de travailler sur le troisième œil en élevant la conscience et en ouvrant l'esprit. Assurez-vous cependant d'être prêt à vous lancer dans un tel périple, car ce cristal possède une énergie dynamique qui peut vous dépasser au premier abord.

Note : « merlinite » est le nom commercial de l'agate dendritique (qu'il ne faut pas confondre avec la merlinite mystique, aussi appelée « gabbro indigo »). La partie blanche de cette pierre est un quartz, traversé d'inclusions d'oxyde de manganèse qui semblent former des branches noires.

UTILISATION :

Pour soi : déposez une merlinite sur votre autel pour faire entrer la magie dans votre vie et renforcer les liens avec les autres mondes.

Pour la maison : crée un lieu qui élève la conscience et favorise les communications spirituelles.

Pour le bureau : aide à voir ce qui se trame sous les apparences, afin de saisir la signification profonde de votre travail.

CHAKRA DE LA GORGE

Communication + Authenticité + Expression de soi

Nom sanskrit
Vishuddha : en sanskrit, *shuddhi* signifie « pur » et le préfixe *vi* amplifie. *Vishuddha* signifie donc littéralement « spécialement pur ».

En bref : le chakra de la gorge est le cinquième chakra de notre système énergétique et le premier des trois chakras supérieurs, les chakras spirituels, qui sont plus connectés à la conscience supérieure qu'au bien-être physique. Il se trouve à la base de la gorge. Il gouverne notre capacité à connaître notre vérité supérieure et à l'exprimer.

Le chakra de la gorge représente l'expression de soi, la manière dont nous communiquons, que nous soyons ou non capables de parler librement, sincèrement et de manière à nous faire comprendre. Il gouverne aussi ce que nous disons. En ouvrant et équilibrant les chakras inférieurs, nous posons les fondations d'une expression authentique. Nous nous sentons ancrés et confiants, libres de découvrir la vie et ses merveilles. Nous nous connectons au pouvoir qui se trouve en nous et nos cœurs sont remplis d'amour. Tout cela nous prépare à ouvrir le chakra de la gorge. Il nous permet de nous connecter à nos désirs les plus profonds, de faire confiance à notre intuition et également d'avoir foi en l'Univers. Ainsi, nous sommes en mesure de connaître notre vérité mais aussi de la partager avec les autres, en toute authenticité. *Vishuddha* gouverne la communication, notre capacité à exprimer nos désirs, relayer des idées et exprimer la créativité que notre chakra sacré a contribué à mettre en lumière. Le chakra de la gorge représente aussi notre intégrité, la boussole mentale que nous suivons et respectons. C'est un équilibre puissant entre écouter et parler. Le chakra de la gorge est le pont entre notre cœur et notre esprit, l'entrée vers le divin.

LOCALISATION
À LA BASE DE LA GORGE

SYMBOLE

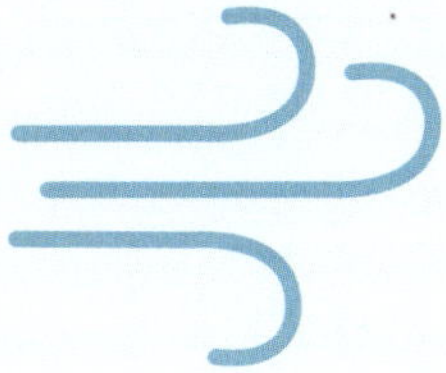

ÉLÉMENT
ÉTHER

ALIMENTS
- **NOIX**
- **ALGUES**
- **BONNES GRAISSES**
- **PRUNES**

COULEUR
BLEU CLAIR

SENS
OUÏE

HUILES ESSENTIELLES
CLOU DE GIROFLE, EUCALYPTUS, SAPIN BAUMIER, GÉRANIUM, MENTHE VERTE

CRISTAUX
AIGUE-MARINE, AMAZONITE, CALCÉDOINE BLEUE, TURQUOISE

SYMPTÔMES DE DÉSÉQUILIBRE

Un déséquilibre du chakra de la gorge engendre des difficultés à exprimer de manière authentique qui l'on est vraiment. Sur le plan physique, un vishuddha bloqué ou sur-actif se manifeste par des douleurs au niveau de la gorge, de la bouche ou même des oreilles.

Chakra suractif: un chakra de la gorge suractif peut signifier que nous ne maîtrisons pas ce que nous exprimons. Il se peut que nous parlions trop ou trop fort ou que nous parlions en même temps que les autres, sans les écouter. Cela s'applique aussi à notre intuition.
Si nous sommes trop occupés à parler, nous ne sommes pas en mesure d'entendre ce que notre instinct essaie de nous dire. Nous parlons parfois sans interruption, à voix haute ou dans notre tête, et sans faire attention (critiques, jugements et réflexions blessantes).

Chakra sous-actif: un chakra sous-actif engendre tout le contraire. Parler devant les autres nous fait peur car nous craignons d'être jugés. Nous ne sommes même pas certains d'avoir un avis et le gardons pour nous. Nous disons aux autres ce qu'ils souhaitent entendre plutôt que ce que nous pensons vraiment. Notre vérité intérieure nous semble inaccessible et notre créativité, bloquée.

SYMPTÔMES MENTAUX & ÉMOTIONNELS

Un déséquilibre du chakra de la gorge peut entraîner de nombreux troubles de l'expression.

- Autocritique
- Peur du jugement
- Manque de confiance
- Incapacité à exprimer ses besoins et désirs
- Créativité bloquée
- Incapacité à exprimer son opinion ou peur de le faire
- Manque d'authenticité dans la communication avec les autres
- Répression des émotions ou mépris de ses besoins
- Sentiment de médiocrité ou d'invisibilité

SYMPTÔMES PHYSIQUES

Un déséquilibre de vishuddha se manifeste souvent au niveau de la gorge et de la bouche.

- Mal de gorge
- Mâchoire serrée ou troubles de l'articulation temporo-mandibulaire (ATM)
- Problèmes de gencives ou de dents
- Douleurs dans la nuque
- Problèmes de thyroïde
- Problèmes d'audition

BIENFAITS DE L'ÉQUILIBRE

Lorsque notre chakra de la gorge est ouvert et équilibré, nous sommes capables de nous exprimer pleinement et avec authenticité. Nous osons prendre la parole en public et partager notre opinion sans craindre qu'elle ne soit pas bien reçue. Nous sommes profondément conscients de nos croyances intimes et capables de les formuler. Nous exprimons nos besoins, nos désirs et nos rêves sans difficulté. Nous nous sentons profondément entendus et compris. Nous nous sentons appréciés et nous valorisons ce que les autres disent et vivent. Nous sommes capables de nous nourrir des vérités supérieures et de parler avec l'amour et la foi qui circulent en nous. Nous nous exprimons avec la compassion de notre cœur et en ayant conscience de l'interconnexion qui guide notre communication.

Un état de flux: un chakra de la gorge équilibré signifie également que nous écoutons de manière active, aussi bien nos proches que les personnes marginalisées et nous-mêmes. Nous sommes capables de parler en notre nom et au nom de ceux qui n'en sont pas en mesure. Grâce à notre intuition accrue, notre instinct est plus fort et nous lui faisons naturellement confiance et savons l'exprimer. Nous laissons libre cours à notre créativité et sommes capables de concrétiser nos idées, ce qui engendre un sentiment d'accomplissement très agréable. Notre capacité à communiquer ouvertement et honnêtement, avec grâce et empathie, approfondit nos relations et notre cheminement vers le bien supérieur.

VISHUDDHA EN HARMONIE

Parvenir à équilibrer le chakra de la gorge permet d'aligner notre moi intérieur et extérieur. Nous exprimons nos vérités et agissons en fonction d'elles.

Un chakra de la gorge équilibré apporte :

- Indépendance
- Intuition
- Expression
- Créativité
- Compréhension
- Appartenance
- Sentiments de valeur et d'importance
- Capacité d'écoute
- Spiritualité

AFFIRMATION DU CHAKRA DE LA GORGE : « JE PARLE »

L'affirmation liée au chakra de la gorge est « je parle », la manifestation de ce qu'il nous pousse à faire. La partie implicite de l'affirmation du chakra de la gorge est tout aussi importante : « J'écoute. »

CRISTAUX

Les pierres aux teintes bleues associées au chakra de la gorge favorisent toutes l'expression de soi. Leurs énergies relient le royaume physique et le royaume spirituel. Toutes les pierres présentées ici sont bénéfiques pour le chakra de la gorge, mais chacune porte sur une aire de guérison différente, avec des variations énergétiques subtiles.

AIGUE-MARINE

Cette magnifique pierre bleu turquoise résonne profondément avec l'énergie du chakra de la gorge, surtout si vous voulez en finir avec cette habitude bien ancrée de faire taire vos désirs et besoins. Elle vous aidera à aller de l'avant, sans crainte. Apaisante, elle peut vous aider à vous connecter à votre savoir intérieur et vous ouvrir la voie vers la spiritualité.
À vous de jouer: lorsque vous vous asseyez pour méditer, posez une aigue-marine près de vous pour renforcer votre paix intérieure et vous aider à ouvrir la porte vers le divin.

AMAZONITE

Cette pierre de la communication et de la vérité vous aidera à mettre en lumière ce que vous voulez dire. En tranquillisant un esprit suractif, elle laisse de la place pour la clarté et aide à dissiper les craintes. Ses pouvoirs de manifestation sont renforcés lorsqu'elle est associée à l'expression verbale.
À vous de jouer: tenez une amazonite dans votre main tout en prononçant des affirmations d'ouverture du chakra de la gorge à voix haute.

CALCÉDOINE BLEUE

Cette pierre délicate et apaisante aide à mettre les mots sur des sentiments pesants ou ignorés depuis longtemps. Grâce à elle, vous parviendrez à vous frayer un chemin à travers des émotions débordantes et à trouver les bons mots pour les exprimer et les analyser. Elle atténue la peur d'être jugé et permet d'exprimer sa vérité.
À vous de jouer: pour une conversation difficile, prenez un morceau de calcédoine bleue pour vous aider à trouver les mots justes.

TURQUOISE

Si vous avez l'impression de payer les conséquences de vous être tu pendant trop longtemps, tournez-vous vers la turquoise. Cette pierre guérisseuse pourra vous aider à libérer cette énergie stagnante ou suractive et à trouver votre voie vers une expression de soi équilibrée, sage et positive.
À vous de jouer: pour un effet purificateur et équilibrant, allongez-vous sur le dos et posez un morceau de turquoise sur votre chakra de la gorge, à la base du cou, dans le creux situé au-dessus du sternum ou entre les clavicules. Méditez pendant quelques minutes.

Dans le sens des aiguilles d'une montre en partant du haut : aigue-marine, turquoise, amazonite, calcédoine bleue

APATITE

Expression de soi + Motivation + Équilibre

Couleur : bleu

Chakra : Gorge

Principaux gisements : Brésil, Russie, États-Unis

En quoi est-il magique ?
L'apatite facilite la communication directe. C'est un motivateur puissant, un catalyseur pour se libérer du passé. Il offre un point de vue plus large et aide à apprécier le moment présent. Utilisé régulièrement, ce minéral bleu peut mener à une conscience supérieure et entretenir chez l'utilisateur une envie d'être au service de la terre et des autres. C'est pourquoi certains l'appellent la « pierre humanitaire ». L'apatite est également connue pour renforcer l'intellect et accroître l'énergie. Elle serait aussi extrêmement utile pour résoudre des troubles de l'alimentation, et contribuer au bien-être en général en encourageant les bonnes habitudes alimentaires. Les guérisseurs l'utilisent pour renforcer le squelette, car elle consoliderait les os et les cartilages. Elle soulagerait aussi l'arthrite.

Note : souvent confondue avec d'autres minéraux, l'apatite trouve son origine étymologique dans le terme grec *apate* qui signifie « trompeur ». Sa teinte bleue est due à la présence de manganèse.

UTILISATION :

Pour soi : placez l'apatite sur le chakra de la Gorge pour nettoyer les énergies et améliorer la communication.

Pour la maison : aide à remplir l'espace d'enthousiasme et d'énergie positive.

Pour le bureau : régule le flux d'énergie et évite le burn-out.

AGATE BLEUE

Communication + Paix + Tranquillité

Couleurs : bleu clair + blanc

Chakra : Gorge

Principaux gisements : Afrique

En quoi est-il magique ? L'agate bleue, ou calcédoine bleue, est favorable à l'expression. Cette jolie pierre dentelée permet de trouver sa voix et les mots justes, sans se laisser dépasser par l'émotion. Elle participe à guérir les blessures car elle aide à nommer la douleur afin de s'en libérer.
Ce minéral facilite la communication en général : il favorise la clairvoyance et la confiance, et confère aux mots véracité et force. Particulièrement utile si vous devez prendre la parole en public, il atténue la peur d'être jugé. Ses vibrations apaisantes créent le calme nécessaire pour surmonter les vagues d'émotions. L'agate bleue apaiserait les maladies de peau, et soulagerait les maux de gorge et les problèmes de thyroïde.

Note : elle est parfois appelée « agate dentelée » en raison de son apparence délicate. Ses dessins uniques sont constitués de couches rubanées de calcédoine et de quartz qui se forment quand la cavité d'une roche hôte se remplit de différents microcristaux.

UTILISATION :

Pour soi : tenez une agate bleue en récitant des affirmations positives pour amplifier leur pouvoir.

Pour la maison : favorise la paix en cas de confrontation.

Pour le bureau : aide à animer une présentation lorsqu'elle est portée sur soi.

AMAZONITE

Tranquillité + Clarté + Communication

Couleur : bleu-vert

Chakras : Cœur + Gorge

Principaux gisements : Brésil, Russie, États-Unis

En quoi est-il magique ? L'amazonite aide à éclairer la vérité. Cette pierre semi-opaque est la clé d'une excellente communication, car elle vous aide à vous exprimer clairement avec votre cœur, sans vous laisser influencer par les émotions superflues ou la peur de la confrontation. Elle est aussi particulièrement apaisante. Elle repousse l'anxiété et neutralise les pensées et énergies négatives. L'amazonite porte chance. C'est une pierre de manifestation, en particulier lorsqu'elle est associée à la puissance des paroles. Elle équilibre les énergies masculines et féminines ainsi que les différents systèmes du corps. Bénéfique pour la santé en général, elle protège aussi contre la pollution électromagnétique.

Note : l'amazonite doit son nom à sa couleur qui évoque les eaux du fleuve Amazone. Sa teinte bleu-vert est due à la présence de plomb et d'eau en petites quantités.

UTILISATION :

Pour soi : tenez la pierre tout en répétant un mantra pour favoriser sa manifestation.

Pour la maison : protège contre les ondes électromagnétiques des ordinateurs si elle est placée à proximité.

Pour le bureau : améliore la communication et la capacité à s'exprimer avec confiance.

TURQUOISE

Communication + Libération + Guérison

Couleur: bleu

Chakra: Gorge

Principaux gisements: Égypte, Iran, États-Unis

En quoi est-il magique?
La turquoise détient un puissant pouvoir de guérison. Elle apaise les corps physique et émotionnel, et améliore la connexion spirituelle. C'est une pierre de communication, idéale pour ceux qui ont des difficultés à dire ce qu'ils pensent ou à parler en public.
Elle peut vous aider à abandonner des schémas de pensée négatifs, ou à vous libérer de votre culpabilité et de vos regrets. La turquoise favorise un sentiment d'optimisme et vous aide à aller de l'avant, émotionnellement libéré. Elle est également connue pour développer la force intérieure et les capacités de direction.
Son énergie apaisante et sage équilibre les énergies masculines et féminines. Elle peut apporter un regain d'énergie aux personnes épuisées. Les guérisseurs l'utilisent pour renforcer l'immunité et détoxifier le corps.

Note: la turquoise extraite en Perse était importée en Europe via la Turquie. Son nom est dérivé de l'ancien français *turquois* qui signifie « turc ».

UTILISATION :

Pour soi: placez une turquoise sur le chakra de la Gorge pour libérer votre voix et exprimer votre vérité.

Pour la maison: favorise une communication claire et bienveillante.

Pour le bureau: aide à l'expression de soi, particulièrement bénéfique pour les artistes et les écrivains.

AIGUE-MARINE

Courage + Calme + Fluidité

Couleur : bleu

Chakras : Cœur supérieur + Gorge

Principaux gisements : Brésil, Inde, Zambie

En quoi est-il magique ? L'aigue-marine libère une force apaisante dans la tourmente du quotidien. Cette pierre d'un bleu doux possède une énergie réconfortante qui favorise l'acceptation de soi et des circonstances extérieures. Associée au chakra de la gorge, elle aide à parler avec le cœur, sans crainte. Elle offre une tranquillité régénérante et nettoie les énergies épuisées, en instillant une sensation de fraîcheur et de vitalité. L'aigue-marine aide à accepter le passé et à aller de l'avant. Apaisante, elle permet une méditation profonde pour révéler la connaissance intérieure et ouvrir à la conscience spirituelle. Elle protégerait les femmes enceintes, en les aidant à mener leur grossesse en bonne santé. Elle atténuerait les maux de gorge, les troubles de la thyroïde et le mal de mer.

Note : l'aigue-marine est une variété de béryl. Elle doit sa teinte bleue à la présence d'oxyde de fer. Son nom dérive de l'expression latine *aqua marina* qui signifie « eau de mer ». Elle a longtemps été utilisée par les marins comme un talisman protecteur.

UTILISATION :

Pour soi : utilisez-la comme un galet antistress pour apaiser les angoisses et favoriser l'acceptation.

Pour la maison : instille une sensation de tranquillité dans un espace.

Pour le bureau : aide à limiter les montagnes russes émotionnelles engendrées par le stress du quotidien.

CHRYSOCOLLE

Énergie féminine + Réconfort + Amour

Couleur : bleu-vert

Chakras : Cœur + Gorge

Principaux gisements : Chili, Indonésie, États-Unis

En quoi est-il magique ? La chrysocolle apporte une dose généreuse de tendresse. Ses énergies féminines invitent à une communication sincère, à cœur ouvert. Ce cristal apaise les sentiments de colère et offre un soutien doux, mais puissant. Il encourage la compassion envers les autres et facilite les échanges avec les amis, partenaires ou membres de la famille qui traversent un moment difficile, en permettant de leur donner de l'attention et un soutien affectueux. La chrysocolle apporte une présence apaisante en période de stress ou de transition. Elle atténue les émotions négatives et les peurs. Elle soulagerait également tous les maux féminins : syndrôme prémenstruel, douleurs de l'accouchement, ménopause… Elle équilibrerait enfin le taux de glycémie chez les hommes et les femmes.

Note : dans la Grèce antique, on utilisait une substance ressemblant à la chrysocolle pour fabriquer des bijoux en or. De là est né son nom, combinaison de *chrysos*, qui signifie « or », et *kolla* qui signifie « colle ». Sa couleur turquoise vif résulte de l'oxydation du cuivre.

UTILISATION :

Pour soi : placer une chrysocolle sur le chakra du Cœur pour remplacer les émotions destructrices par de l'amour de soi.

Pour la maison : protège des voisins dominateurs ou désagréables.

Pour le bureau : soutient la créativité et dissipe le stress.

FLUORITE VERTE

Encouragements + Harmonisation + Purification

Couleur : vert

Chakras : Cœur + Gorge

Principaux gisements : Namibie, Afrique du Sud, États-Unis

En quoi est-il magique ?
La fluorite verte est un guérisseur délicat qui équilibre les corps physique et émotionnel en toute subtilité.
Elle aide à remettre l'esprit à zéro, apaiser le brouhaha mental et ordonner une conscience encombrée. Très efficace contre les énergies négatives, elle a besoin d'être purifiée régulièrement.
Elle dégage une énergie stimulante et encourageante. Sa connexion solide au chakra du cœur débarrasse des émotions passées douloureuses et irradie d'amour. La fluorite verte renforce votre intuition et vous guide en matière de relations amoureuses. Elle serait bénéfique pour le système immunitaire et elle aiderait le corps à assimiler les nutriments dont il a besoin.

Note : la fluorite pure est transparente, mais lorsqu'elle contient des impuretés, elle se décline dans presque toutes les couleurs. Elle est même réputée pour être le minéral le plus coloré.
La teinte verte de celle-ci est sûrement due à la présence d'yttrium.

UTILISATION :

Pour soi : utilisez la fluorite verte comme un galet antistress lorsque vous vous sentez dépassé.

Pour la maison : aide à harmoniser une relation difficile avec un membre de la famille ou un colocataire.

Pour le bureau : favorise la concentration dans un environnement chaotique.

KYANITE

Tranquillité + Alignement + Expression personnelle

Couleur : bleu

Chakras : Gorge + Troisième Œil

Principaux gisements : Brésil, Birmanie, Népal

En quoi est-il magique ? La kyanite est une pierre d'harmonie et de coordination. Ses propriétés apaisantes et calmes vous aideront à décompresser face aux tracas du quotidien, en vous apportant calme et équilibre. Et surtout, il s'agit d'un cristal qui travaille avec le chakra de la gorge, vous aidant non seulement à être en phase avec vous-même et à écouter vos besoins, mais aussi à les communiquer. La kyanite bleue est une pierre de l'expression personnelle, qui purifie votre énergie de manière qu'elle coule librement, et aide à cultiver une authenticité que vous acceptez de partager. Cette pierre bleue apaisante procure aussi une sensation d'alignement, vous aidant à cheminer avec aisance sur la voie qui est faite pour vous.

Note : le nom « kyanite » vient du grec ancien kyanos, qui signifie « bleu foncé ».

UTILISATION :

Pour soi : déposez une kyanite sur votre chakra de la gorge lorsque vous sentez que vous n'arrivez pas à vous exprimer librement.

Pour la maison : crée un environnement paisible et porteur.

Pour le bureau : améliore la capacité à communiquer avec ses collègues et à se faire comprendre.

ANGÉLITE

Sagesse + Paix + Intuition

Couleur : bleu

Chakras : Gorge + Troisième Œil + Couronne

Principaux gisements : Pérou

En quoi est-il magique ? L'angélite diffuse une vibration divine, son énergie profondément apaisante donne un sentiment de mission supérieure. Si vous vous sentez embourbé dans les tensions du stress quotidien, l'angélite peut vous aider à vous élever grâce à ses ailes énergétiques, pour vous porter avec douceur vers une conscience plus aiguisée, alimentée par l'amour, la paix et l'harmonie universelle. La magie éthérée de cette pierre agit sur tous les chakras supérieurs : tout d'abord, elle vous aide à dire votre vérité. Elle alimente aussi votre sagesse intérieure, amplifiant votre sens intuitif pour que sa parole se fasse entendre malgré le bruit ambiant. Et pour finir, comme son nom le suggère, l'angélite permet de se mettre en contact avec vos guides invisibles, vous entourant de leur soutien sans faille.

Note : on confond souvent l'angélite avec la célestine, mais leurs compositions chimiques sont assez différentes. L'angélite n'est pas le nom d'un minéral, mais l'appellation commerciale donnée à une sorte d'anhydrite découverte au Pérou en 1987.

UTILISATION :

Pour soi : portez une angélite quand vous ressentez le besoin d'être guidé par une entité d'un autre monde.

Pour la maison : déposez un cristal dans votre taie d'oreiller pour favoriser les rêves significatifs.

Pour le bureau : diffuse tranquillité et motivation dans l'espace de travail.

CALCITE BLEUE

Paix + Pureté + Intelligence émotionnelle

Couleur : bleu

Chakras : Gorge

Principaux gisements : Madagascar, Mexique, États-Unis

En quoi est-il magique ? Rien qu'en regardant une calcite bleue, vous pouvez ressentir ses effets calmants, apaisants et purifiants. Pour ceux qui cherchent à se libérer du stress et de l'anxiété, cette pierre bleu pâle est aussi un véritable catalyseur d'intelligence émotionnelle. Elle peut aider à combler le fossé entre des émotions hyperactives et des raisonnements laissant une trop grande part à la logique, afin de permettre au cœur et au cerveau de travailler de concert. De plus, ce cristal vous aidera à combiner ces nouvelles capacités pour trouver l'équilibre. La calcite bleue aide le chakra de la gorge à s'ouvrir, permettant de s'exprimer avec aisance et ouvrant les canaux d'une communication honnête et sans malentendus

Note : même si la calcite bleue et la célestine se ressemblent beaucoup, leur poids permet de les distinguer : en présence de deux pierres de la même taille, la célestine pèse 1,5 fois plus que la calcite bleue.

UTILISATION :

Pour soi : portez une calcite en pendentif pour soutenir le chakra de la gorge.

Pour la maison : dissipe l'énergie négative et aide à créer un environnement paisible.

Pour le bureau : établit l'harmonie entre le cœur et le cerveau, ce qui facilite bien des situations au travail.

LARIMAR

Sérénité + Purification + Équilibre

Couleur : bleu clair

Chakras : Gorge

Principaux gisements : République dominicaine

En quoi est-il magique ? Les couleurs envoûtantes du larimar ressemblent aux ondulations des rayons de soleil sur des flots bleu pur, ou aux stries dans le ciel par un jour de grand beau temps, et elles transmettent le calme et la sérénité de ces deux environnements. Le larimar partage aussi avec l'océan une énergie profondément purifiante : laissez ses vagues apaisantes passer sur vous, le temps de réguler votre mental, votre corps et votre esprit. Cette pierre bleue est aussi rafraîchissante : elle est donc parfaite pour ceux qui ont tendance à s'énerver vite ou à se laisser dominer par leurs émotions. L'affinité du larimar avec le chakra de la gorge vous aidera aussi à exprimer la vérité, et ses liens avec le divin vous aideront à puiser dans votre sagesse intrinsèque pour communiquer avec amour et conscience.

Note : le larimar est une pierre volcanique extrêmement rare, une variété de pectolite bleue que l'on rencontre à un seul point du globe : les montagnes de la région de Barahona, en République dominicaine.

UTILISATION :

Pour soi : porter un larimar sur soi vous procure une source de quiétude constante.

Pour la maison : crée un environnement tranquille où la communication est fluide.

Pour le bureau : apporte les caractéristiques apaisantes de l'océan dans les espaces clos.

HACKMANITE

Réconfort + Sentiment d'appartenance + Alignement

Couleur : violet + blanc

Chakras : Gorge + Troisième Œil + Couronne

Principaux gisements : Afghanistan, Birmanie, Groenland

En quoi est-il magique ? Les couleurs changeantes de ce minéral (voir la note ci-dessous) suffisent à en faire un spécimen d'exception. Mais ses propriétés énergétiques sont tout aussi exceptionnelles. Ce cristal est parfois surnommé « pierre d'appartenance éternelle », car il aide à se sentir bien dans son corps, en phase avec sa mission sur terre et en harmonie avec toute chose, dans ce monde et au-delà. Cette pierre agit sur le troisième œil, ouvre le chakra couronne et vous invite à accueillir votre moi supérieur. La hackmanite est aussi en lien avec le chakra de la gorge, vous aidant à dire votre vérité sans crainte et à vivre dans l'authenticité totale.

Note : la hackmanite est une forme de sodalite dotée d'une propriété très rare et impressionnante appelée ténébrescence ou photochromisme réversible : elle change de couleur lorsqu'on l'expose à la lumière du soleil, puis reprend sa couleur d'origine quand on la replonge dans l'obscurité.

UTILISATION :

Pour soi : prenez en main une hackmanite pour entrer en résonance avec votre intuition et amplifier votre voix intérieure.

Pour la maison : crée un espace réconfortant où l'on se sent vraiment à sa place.

Pour le bureau : clarifie les idées et permet de les exprimer avec facilité.

TANZANITE

Sagesse + Spiritualité + Expression de soi

Couleur : bleu + mauve

Chakras : Gorge + Troisième Œil

Principaux gisements : Tanzanie

En quoi est-il magique ? Cette pierre brille d'un éclat qui semble venir d'un autre monde, relayant la sagesse et l'énergie du cosmos jusque sur terre. Cette pierre peut ouvrir la porte vers un amour supérieur et vous rappelle que le simple fait d'être en vie est un miracle. Si vous cherchez à accéder à votre moi supérieur et à approfondir vos connexions aux autres mondes, laissez-vous gagner par l'énergie hautement vibratoire de la tanzanite. Ce cristal spirituel a beaucoup de choses à vous montrer. Son pouvoir consiste à mettre en lien le troisième œil et la gorge, en alignant vos chakras supérieurs. Cela vous aidera à ouvrir votre esprit, tout en disposant de la quiétude et de l'assurance nécessaires pour exprimer votre vérité.

Note : la tanzanite a été découverte en 1967, et identifiée comme une variété de zoïsite, qu'on appela « zoïsite bleue ». Mais la marque de joaillerie Tiffany & Co a jugé que cette pierre ne se vendrait pas sous cette appellation, notamment en raison d'une prononciation proche du terme « suicide » en anglais, et ce cristal a donc été rebaptisé tanzanite pour mettre en avant sa rareté et la singularité de -sa provenance.

UTILISATION :

Pour soi : méditez avec une tanzanite pour améliorer votre intuition et inviter votre voix intérieure à se faire entendre.

Pour la maison : apporte un sentiment d'harmonie dans une pièce et imprègne le quotidien d'une magie surnaturelle.

Pour le bureau : aide à faire appel à son instinct et à s'exprimer avec honnêteté sans stress ni crainte.

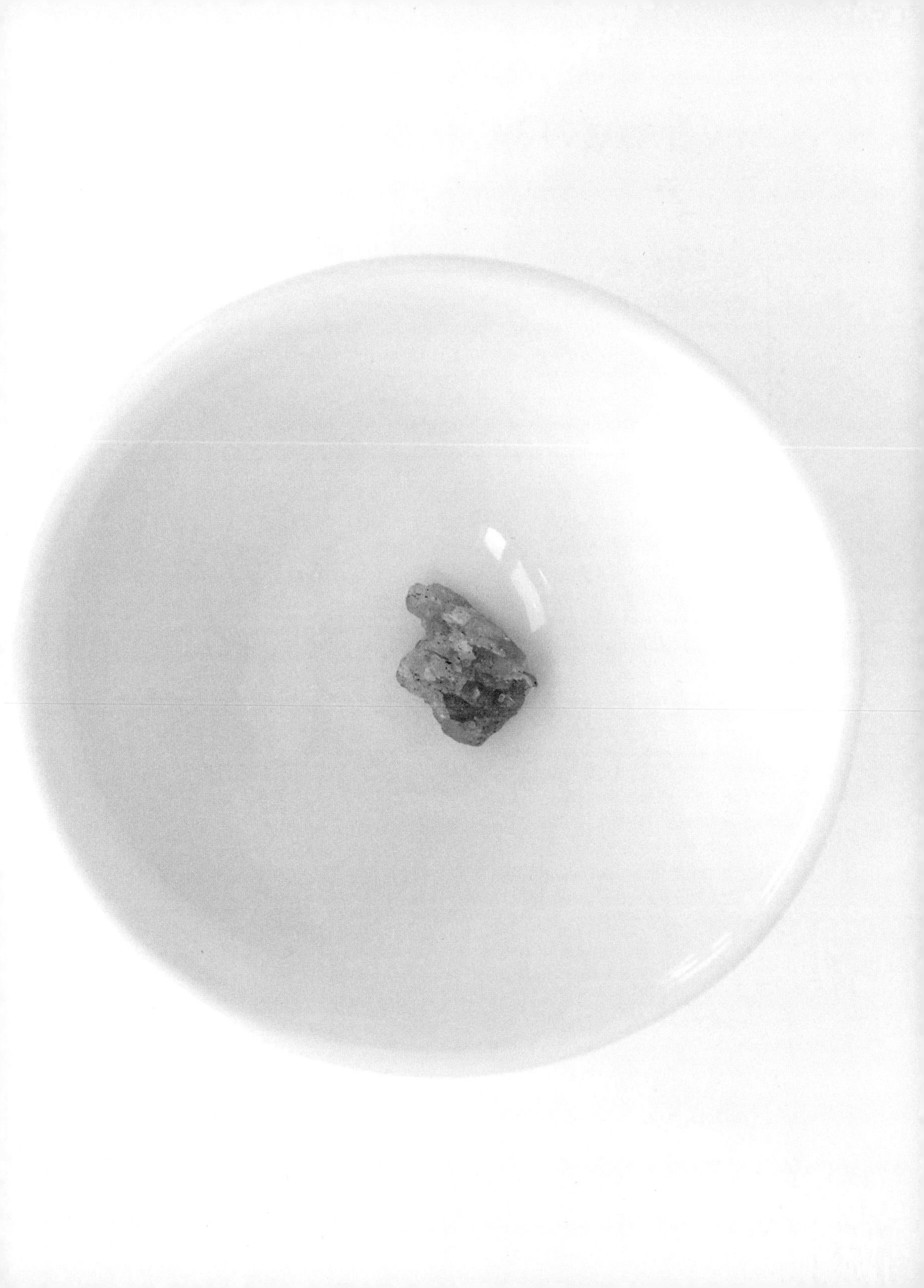

CHAKRA DU CŒUR

Amour + Compassion + Connexion

Nom sanskrit

Anahata : *anahata* se traduit par « qui n'est pas frappé » et fait référence au son non frappé, la force cosmique qui vibre en nous en continu et que nous ne pouvons entendre que lorsque nous sommes en mesure de faire taire notre corps et notre esprit. Il peut aussi se traduire par « qui n'est pas blessé », ce qui est une manière très puissante de voir notre chakra du cœur.

En bref : le chakra du cœur est le quatrième chakra de notre système énergétique. Il fait le pont entre les chakras inférieurs, du royaume physique, en lien avec qui nous sommes et notre place sur cette planète, et les chakras supérieurs, du royaume spirituel, qui vont au-delà. Il se situe au niveau du cœur, comme son nom l'indique. Il porte sur tout ce qui touche à l'amour, ce sentiment merveilleux et magnifique : l'amour que nous nous portons, l'amour que nous portons aux autres et celui que nous portons au monde qui nous entoure.

Anahata est le siège de notre cœur. Il gouverne la manière dont nous aimons : l'amour que nous nous donnons à nous-mêmes, celui que nous donnons aux autres, celui que nous recevons. C'est le siège de l'amour sous toutes ses formes (romantique, platonique, familial, divin et au-delà). L'amour peut engendrer des transformations incroyables, c'est une émotion qui s'étend au-delà de notre existence physique. Il est donc logique que notre chakra du cœur soit représenté par l'air, l'élément qui devient lui-même notre force vitale lorsque nous l'inhalons. L'amour est aussi une chose sans laquelle nous ne pouvons vivre. La compassion, la gentillesse, le pardon et l'empathie sont des leçons que nous apprend *anahata*. Il va au-delà de l'amour que nous avons pour les personnes qui partagent notre vie. Le chakra du cœur est le lien entre notre monde matériel et notre monde spirituel, entre notre conscience physique et celle d'un monde supérieur. Il révèle l'unité inhérente à notre existence même. Nous sommes tous connectés (un amour unique) aux autres, à la terre et à tous les êtres qui l'habitent. Le chakra du cœur nous enseigne comment vivre en suivant cette vérité.

LOCALISATION
AU MILIEU DE LA POITRINE, ENTRE LES OMOPLATES

ÉLÉMENT
AIR

ALIMENTS
- **LÉGUMES VERTS**
- **CHOCOLAT NOIR**
- **AVOCAT**
- **BROCOLIS**

SYMBOLE

COULEUR
VERT

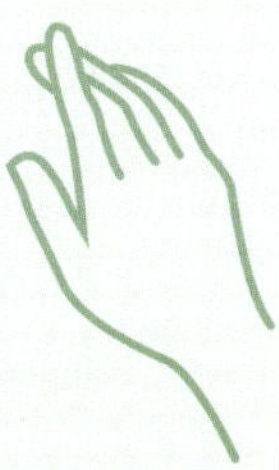

SENS
TOUCHER

HUILES ESSENTIELLES
ENCENS OLIBAN, MARJOLAINE, JASMIN, PALMAROSA, ROSE

CRISTAUX
CHRYSOPRASE, FLUORINE VERTE, TOURMALINE ROSE, QUARTZ ROSE

SYMPTÔMES DE DÉSÉQUILIBRE

Notre culture portant beaucoup d'attention aux questions qui touchent au cœur, les symptômes qui émanent d'un déséquilibre d'*anahata* sont faciles à repérer et à comprendre. Tous les effets émotionnels sont en rapport avec les sentiments d'amour et de connexion que nous ressentons, un excès d'enthousiasme ou un manque. Aucun n'est sain ni durable. Les symptômes physiques se manifestent surtout au niveau du cœur et des poumons.

Chakra suractif: un chakra du cœur suractif engendre des difficultés à poser des limites. Nous avons tendance à donner trop ou à exagérer une connexion là où il n'y a pas de sentiments authentiques. Nous ressentons une jalousie extrême, de l'insécurité ou une codépendance.

Chakra sous-actif: lorsque *anahata* est bloqué, que ce soit à cause d'une rupture ou d'un traumatisme, cela peut engendrer des sentiments de déconnexion et de manque. Nous nous enlisons dans l'amertume ou les « échecs » de nos relations passées et avons tendance à regarder en arrière plutôt qu'à nous connecter, aimer et vivre dans le présent. Nous nous sentons incapables de nous aimer nous-mêmes et nous résistons, nous sommes méfiants et sceptiques quand il s'agit de recevoir l'amour de quelqu'un.

SYMPTÔMES MENTAUX & ÉMOTIONNELS

Un chakra du cœur déséquilibré peut entraîner de nombreux problèmes touchant à notre capacité à donner et à recevoir de l'amour.

- Jalousie et codépendance
- Manque de compassion
- Déconnexion d'avec soi et les autres
- Sentiment de ne pas mériter d'être aimé
- Incapacité à pardonner, rancune
- Manque de confiance et de connexion authentique
- Solitude et dépression
- Jugement et autocritique

SYMPTÔMES PHYSIQUES

Anahata domine notre cœur, notre système circulatoire, notre poitrine, nos poumons et le haut de notre dos.

- Problèmes de tension artérielle
- Mauvaise circulation
- Problèmes cardiaques
- Problèmes respiratoires, y compris asthme et allergies
- Douleurs et tensions dans le haut du dos et les omoplates
- Vulnérabilité aux maladies telles que les bronchites et pneumonies

BIENFAITS DE L'ÉQUILIBRE

Lorsque le chakra du cœur est ouvert et équilibré, nous nous sentons comme baignés par la chaleur et l'acceptation favorisées par l'amour. Nous sommes en mesure de le donner librement et, tout aussi important, de le recevoir sans méfiance et sans nous poser de questions. Nous établissons des connexions authentiques et maintenons des limites saines. L'amour que nous nous portons est inconditionnel et par conséquent nos relations se renforcent et s'approfondissent. Les critiques incessantes qui inondent notre esprit cessent et le pardon se fraie un chemin. Cela nous permet de mieux nous accepter nous-mêmes et de mieux accepter les autres.

Un état de flux: beau et brillant, *anahata* irradie l'amour et l'acceptation. Il nous permet de percevoir l'interconnexion entre tous les êtres et nous enseigne comment vivre avec empathie et compassion. Nous agissons avec amour, ce qui se répercute sur toutes les autres facettes de notre existence et de notre être. Nous sommes entourés et nourris par la force vitale de l'amour, de la même manière que nous sommes toujours entourés par son élément, l'air. Cet équilibre nous apporte une joie indescriptible ainsi qu'une paix profonde.

ANAHATA EN HARMONIE

Lorsque le chakra du cœur est à l'équilibre, nous sommes en mesure de commencer à intégrer nos royaumes physiques et spirituels, nourris par l'amour et la connexion aux autres. Un chakra du cœur à l'équilibre apporte:

- Capacité à donner et à recevoir de l'amour
- Acceptation
- Pardon et capacité à lâcher prise
- Affection
- Empathie
- Compassion
- Connexion
- Limites saines
- Guérison

AFFIRMATION DU CHAKRA DU CŒUR: « J'AIME »

L'affirmation du chakra du cœur est certainement la plus simple à comprendre. Le simple fait de la prononcer fait qu'on la ressent: « J'aime. »

CRISTAUX

Les cristaux qui connectent au chakra du cœur sont souvent de couleur rose ou verte, comme *anahata* lui-même. Il émane d'eux une énergie féminine douce mais puissante, qui ouvre à l'amour. Toutes les pierres présentées ici sont associées au chakra du cœur, mais chacune porte sur une aire de guérison différente, avec des variations énergétiques subtiles.

CHRYSOPRASE

Idéale pour entamer un travail sur le chakra du cœur, surtout si vous vivez un chagrin d'amour. Elle vous aidera à tourner la page et à aborder un nouveau chapitre de votre vie, rempli de bonheur, de pardon et d'un véritable sentiment de mérite.

À vous de jouer: pour un effet de purification, d'équilibrage et d'ouverture, allongez-vous et posez une chrysoprase sur votre chakra du cœur (entre les omoplates si vous êtes allongé sur le ventre, ou juste au-dessus du cœur si vous êtes sur le dos). Méditez ainsi pendant quelques minutes.

FLUORINE VERTE

C'est la pierre de l'harmonie. Son énergie guérisseuse se concentre sur le cœur et peut aider à dissiper l'énergie stagnante laissée par une douleur ancienne tout en apportant une lumière qui vous guidera vers l'amour sous toutes ses formes. Elle chasse l'énergie négative afin de libérer au maximum le chemin pour réveiller votre cœur.

À vous de jouer: méditez en tenant un morceau de fluorine verte dans votre main, pour ressentir encore plus de soutien et d'amour. Prenez-la également en main lorsque vous répétez la syllabe-germe associée à *anahata* (page 148).

TOURMALINE ROSE

Elle peut être utile si votre chakra du cœur est sous-actif. Il émane d'elle un amour délicat et réconfortant et elle peut vous aider à vous ouvrir à l'amour des autres et au vôtre, surtout si vous craignez ou évitez toute connexion authentique. Elle stimule aussi la compassion et l'empathie.

À vous de jouer: en gardant toujours sur vous un morceau de tourmaline rose polie, c'est comme si vous transportiez toujours avec vous un peu d'amour. Elle vous rappelle que vous avez de la valeur et, surtout, que nous sommes tous connectés. Portée en collier, elle est encore plus proche du chakra du cœur.

QUARTZ ROSE

Le quartz rose dégage un amour profond et tendre, qui soutient le cœur lors de transitions difficiles et l'ouvre à la véritable acceptation de soi. Il s'accompagne d'une énergie douce, qui renforce les connexions et les liens d'amour, quel qu'il soit.

À vous de jouer: gardez un morceau de quartz rose près de votre lit pour terminer la journée avec son énergie aimante, vous endormir en sa présence et vous réveiller chaque matin avec un sentiment d'harmonie.

Dans le sens des aiguilles d'une montre en partant du haut : tourmaline rose, chrysoprase, quartz rose, fluorine verte.

QUARTZ ROSE

Amour + Paix + Acceptation

Couleur : rose

Chakras : Cœur + Cœur supérieur

Principaux gisements : Brésil, Madagascar, États-Unis

En quoi est-il magique ? Le quartz rose est la pierre de l'amour : l'amour divin, l'amour de soi, l'amour romantique. Ce cristal vibrant de tendresse et de paix renforce toutes les régions du cœur. Son énergie réconfortante inspire une profonde acceptation de soi. Il peut apaiser un cœur brisé et ouvrir à un nouvel amour… Source d'harmonie, il consolide les liens familiaux et les relations platoniques. Vous pouvez l'utiliser pour retrouver votre équilibre émotionnel en période de transition, et pour nettoyer des émotions refoulées ou blessées, en ouvrant délicatement votre cœur. Le quartz rose invite à la sensualité et serait bénéfique pour la fertilité. Il éloignerait les cauchemars, et apaiserait l'anxiété et les tensions.

Note : sa teinte rose à rouge serait due à de petites quantités de titane, de fer ou de manganèse. D'après la mythologie grecque, elle viendrait du sang d'Aphrodite mêlé à celui de son amant Adonis alors attaqué par Arès.

UTILISATION :

Pour soi : méditez en tenant un quartz rose pour apaiser un traumatisme émotionnel et renforcer les affirmations positives.

Pour la maison : attire un nouvel amour ou renforce l'engagement envers votre partenaire lorsqu'il est placé sur la table de chevet.

Pour le bureau : éloigne la négativité et crée un environnement paisible.

AVENTURINE VERTE

Chance + Confort + Abondance

Couleur : vert

Chakras : Cœur + Cœur supérieur

Principaux gisements : Inde

En quoi est-il magique ? L'aventurine verte est une pierre porte-bonheur qui attire la chance et a la capacité de retourner une situation en votre faveur. Elle vous donnera envie de vous en remettre au hasard. Grâce à son grand pouvoir de manifestation, cette pierre peut attirer l'abondance, l'argent et le succès. Inspirante et énergisante, elle apporte un sentiment de bien-être global. Elle protège le cœur contre les énergies négatives et contre les relations avec des personnes (partenaire, ami ou connaissance) qui prennent plus qu'elles ne donnent. L'aventurine verte encourage à apprécier la nature et elle établit un lien d'amour à la terre. Ce minéral guérisseur complet harmonise tous les systèmes du corps. Les guérisseurs la recommandent également pour soulager les nausées.

Note : l'aventurine est une variété de quartz avec des inclusions brillantes, souvent du mica. Elle doit sa teinte verte à la fuschite, un mica riche en chrome.

UTILISATION :

Pour soi : placez-la sur le chakra du Cœur pour dénouer les blocages énergétiques et soulager les blessures émotionnelles.

Pour la maison : apporte un sentiment de joie et stimule l'énergie des possibles.

Pour le bureau : inspire la confiance en soi, renforce les capacités de direction et attire les promotions.

MALACHITE

Amour + Harmonie + Transformation

Couleur : vert

Chakras : Cœur + Cœur supérieur

Principaux gisements : Afrique, Australie, Brésil

En quoi est-il magique ? La malachite a le pouvoir de motiver de véritables changements. Elle dissipe les blocages énergétiques et incite à abandonner les vieux schémas pour initier des transformations positives. Cette pierre protectrice, qui absorbe la pollution électromagnétique et les énergies négatives, doit être purifiée régulièrement. La malachite ouvre le chakra du Cœur et rend réceptif à l'amour inconditionnel. Elle encourage les relations saines, fondées sur l'amour plutôt que le besoin. Elle est aussi bénéfique pour les voyageurs, surtout ceux qui ont peur en avion. La malachite favorise la circulation de l'énergie, harmonise les différents systèmes du corps et renforce l'immunité. Préférez les pierres polies car la version brute, en quantité importante, peut être toxique.

Note : issue de la famille des carbonates de cuivre dont elle tire sa couleur, la « malachite » viendrait du grec *malache* qui désigne la mauve aux feuilles d'un vert proche de celui de la pierre. Les Égyptiens utilisaient ses pigments pour fabriquer des ombres à paupières.

UTILISATION :

Pour soi : utilisez la malachite lorsque vous effectuez des visualisations, en vous concentrant sur ses lignes et dessins envoûtants.

Pour la maison : absorbe la pollution électromagnétique du téléviseur.

Pour le bureau : neutralise le champ électromagnétique d'un ordinateur.

CALCITE VERTE

Prospérité + Inspiration + Équilibre

Couleur : vert

Chakras : Cœur + Cœur supérieur

Principaux gisements : Mexique, États-Unis

En quoi est-il magique ? La calcite verte donne vie au futur imaginé dans vos rêves. Cette pierre délicate libère les émotions profondément enfouies. Elle aide à communiquer plus clairement pour mieux formuler vos désirs et comprendre comment les réaliser. C'est une pierre qui attire la prospérité, l'abondance, la réussite et la chance en amour. Son énergie apaisante est un déstressant efficace. La calcite verte est particulièrement bénéfique pour la santé mentale, car elle équilibre l'esprit, le corps et l'âme. C'est un anti-inflammatoire émotionnel qui apaise la colère et les autres émotions négatives. Les guérisseurs pensent qu'elle possède aussi des vertus anti-inflammatoires sur le plan physique : elle soulagerait l'arthrite et les douleurs articulaires. Elle est également utilisée pour stimuler la fertilité.

Note : la calcite verte est incroyablement absorbante et doit être purifiée régulièrement. Sa teinte verte provient d'inclusions de chlorite.

UTILISATION :

Pour soi : utilisez la calcite verte comme une pierre de manifestation. Prenez-la en main lorsque vous visualisez votre futur.

Pour la maison : favorise la bonne croissance et l'abondance des végétaux lorsqu'elle est posée dans un jardin.

Pour le bureau : apporte une dose d'énergie rayonnante et apaisante. Placez-la sur votre bureau ou prenez-la en main lorsque vous êtes stressé.

CHRYSOPRASE

Joie + Abondance + Renouveau

Couleur : vert

Chakras : Sacré + Cœur

Principaux gisements : Australie, Allemagne, Tanzanie

En quoi est-il magique ? La chrysoprase est en quelque sorte une cristallisation du printemps. Après un long hiver émotionnel, cette pierre revitalisante a le pouvoir de faire revenir le bonheur et d'inspirer une joie sincère. Pierre d'ouverture, elle crée un espace sûr pour que le cœur puisse donner et recevoir de l'amour. Idéale pour les débutants en lithothérapie, elle les prépare à recevoir l'énergie guérisseuse des autres pierres. La chrysoprase peut améliorer la capacité d'introspection, stimuler le développement personnel et attirer l'abondance, tout en vous rappelant que vous méritez tout cela. Elle inspire également la confiance en soi et en les autres. Elle favorise la fidélité dans les relations personnelles et professionnelles. La chrysoprase est une pierre du pardon. Elle amoindrit les rancœurs ou les regrets. Les guérisseurs considèrent qu'elle stimule le foie et améliore ainsi la détoxification.

Note : cette calcédoine doit sa teinte vert pomme à de petites inclusions de nickel.

UTILISATION :

Pour soi : placez-la sur le cœur pour renforcer en douceur votre capacité d'ouverture.

Pour la maison : permet un nettoyage de printemps énergétique dans votre foyer.

Pour le bureau : établit de bonnes bases pour un nouvel emploi ou lors de la prise d'un nouveau poste.

RHODONITE

Pardon + Compassion + Acceptation

Couleur : rose zébré de noir

Chakra : Cœur

Principaux gisements : Suède, Russie

En quoi est-il magique ? La rhodonite soigne tout ce qui touche le cœur. Pierre du pardon et du secours, elle est l'allié idéal pour se relever après une rupture ou une dispute. Elle prépare le cœur à l'amour inconditionnel, tout en lui faisant accepter la douleur inhérente aux relations humaines. Soutien solide lors des grands changements de vie, la rhodonite accompagne votre évolution personnelle. Elle vous oriente vers votre vraie passion. Elle incite à se détacher des relations toxiques pour aller de l'avant. La rhodonite aide à soigner votre moi intérieur pour vous permettre de répandre amour et entraide. Elle détoxifie et revitalise le corps épuisé par les émotions négatives.

Note : du grec *rhodon* qui signifie « rose », la rhodonite est un silicate de manganèse. Ses veines noires résultent de l'oxydation du manganèse.

UTILISATION :

Pour soi : placez-la sur le chakra du Cœur pour vous débarrasser de vos peurs, consoler votre cœur brisé ou vous aider à vous libérer de schémas relationnels néfastes.

Pour la maison : favorise l'harmonie ou atténue les rancœurs entre colocataires ou partenaires de vie.

Pour le bureau : aide à créer un environnement positif et renforce la confiance en soi.

JADE

Santé + Prospérité + Harmonie

Couleur : vert

Chakra : Cœur

Principaux gisements : Myanmar, Canada, Guatemala

En quoi est-il magique ? Le jade est une puissance guérisseuse. Il peut exalter votre vie dans tous les domaines en favorisant l'abondance, la longévité, l'équilibre et le bonheur en général. Cette pierre verte adorée, appelée « pierre de la fidélité », renforce l'engagement, les liens et la confiance entre partenaires et membres d'une même famille. Le jade a aussi le pouvoir d'attirer les amitiés et de faire entrer de nouvelles relations dans votre vie. Connecté au chakra du Cœur, le jade est utilisé pour raviver l'énergie sexuelle et la passion. Il engendre un sentiment d'amour et de réconfort. Il est aussi connu pour être la pierre des rêves, car il aiderait à s'en souvenir et à comprendre leur signification. Il aurait un effet global sur la santé, en particulier sur les reins, la rate et le foie.

Note : le terme « jade » désigne deux minéraux : la néphrite et la jadéite. Son nom vient de l'expression espagnole *piedra de ijada* ou « pierre des flancs », probablement dû à sa réputation de longue date de soigner les calculs rénaux.

UTILISATION :

Pour soi : placez un jade sous votre oreiller la nuit pour améliorer votre lucidité et la compréhension de vos rêves.

Pour la maison : favorise l'abondance et la chance lorsqu'il est disposé dans votre intérieur.

Pour le bureau : attire de nouveaux contrats ou de nouvelles opportunités.

TOURMALINE ROSE

Amour + Apaisement + Énergie féminine

Couleur : rose

Chakra : Cœur

Principaux gisements : Brésil, Mozambique, Nigéria

En quoi est-il magique ? La tourmaline rose vibre d'un amour inconditionnel. C'est une pierre de guérison délicate et réconfortante, qui offre un soutien émotionnel pendant les périodes difficiles ou de transition. Elle ouvre à l'amour sous toutes ses formes : l'amour de soi, l'amour romantique, l'amour platonique, l'amour des siens. Elle permet de prendre du plaisir à aimer et être aimé, à savourer sa vulnérabilité plutôt qu'à la redouter. Cette pierre douce renforce la compassion et l'empathie envers les autres et envers soi-même. Elle attire aussi l'amour, et crée une atmosphère de paix et de joie. La tourmaline rose apaise l'anxiété et aide à lutter contre la dépression.

Note : la tourmaline est une famille de minéraux. La teinte de la tourmaline rose est due à son exposition aux radiations naturelles.

UTILISATION :

Pour soi : placez-la sur le chakra du Cœur pour recevoir une dose puissante d'énergie aimante.

Pour la maison : crée un environnement favorable à une communication compatissante.

Pour le bureau : facilite l'apprentissage d'une nouvelle tâche ou de nouvelles compétences.

PRÉHNITE

Confiance + Calme + Réalisation

Couleur : vert

Chakras : Plexus solaire + Cœur

Principaux gisements : Australie, Afrique du Sud

En quoi est-il magique ? La préhnite stimule doucement mais efficacement l'estime de soi. Elle peut améliorer votre confiance en vous, et votre capacité à exprimer votre avis et à dire non. Pierre de prophétie, elle donne le sentiment d'être préparé et aide à accepter ce qui arrive. Très apaisante, elle équilibre l'énergie et sanctuarise un lieu. Elle aide à identifier les schémas et comportements qui bloquent votre potentiel et à se détacher de ce qui n'est plus utile. Cette pierre verte favorise aussi la connexion et l'amour de la nature. Elle détoxifierait le système digestif et atténuerait les troubles associés.

Note : la préhnite est une roche formée d'aluminium et de calcium. Elle doit son nom au colonel Hendrik von Prehn, un minéralogiste néerlandais, qui l'a décrite pour la première fois en 1788 en Afrique du Sud.

UTILISATION :

Pour soi : prenez une préhnite dans votre main lorsque vous méditez pour visualiser votre chemin de croissance spirituelle.

Pour la maison : aide à désencombrer et à ne garder que ce qui est utile. Utilisez-la pour faire un ménage de printemps.

Pour le bureau : optimise un environnement de travail désorganisé et favorise la bonne circulation de l'énergie.

RHODOCHROSITE

Compassion + Pensées positives + Amour

Couleur: rose

Chakras: Plexus solaire + Cœur

Principaux gisements: Argentine, Roumanie, États-Unis

En quoi est-il magique?
La rhodochrosite exhale un amour puissant, une force guérisseuse des émotions, en particulier pour les personnes qui ne se sentent pas aimées ou souffrent d'une mauvaise estime d'elles-mêmes. Si vous avez vécu un traumatisme, la rhodochrosite peut vous aider à vous libérer de vos émotions refoulées pour ouvrir la voie vers un bonheur sans faille.

Cette pierre soigne également toutes les peines de cœur.
Elle tempère la jalousie, et renforce l'amour et l'acceptation. Son énergie dynamique inspire l'amour de soi et la joie. Cette pierre d'amour rose, excellent maître pour le cœur, invite à se montrer vulnérable et à créer une intimité avec un partenaire amoureux. Elle serait utile contre les affections respiratoires, dont l'asthme.

Note: son nom vient du grec *rhodokhros* qui signifie « de couleur rose ». Composé de manganèse, ce minéral est rouge dans sa forme pure. Lorsque le calcium se substitue au manganèse, dans la structure du cristal, la pierre prend cette teinte rose plus fréquente.

UTILISATION:

Pour soi: si vous vous sentez en manque d'amour, gardez une rhodochrosite près de vous.

Pour la maison: confère un sentiment de paix et d'optimisme à une pièce.

Pour le bureau: favorise la bonne entente entre collègues.

PÉRIDOT

Protection + Paix + Prospérité

Couleur : vert

Chakra : Cœur

Principaux gisements : Myanmar, Pakistan, États-Unis

En quoi est-il magique ? Le péridot catalyse en douceur le développement personnel. Il aide à se débarrasser de comportements destructeurs bien ancrés, à se libérer des sentiments négatifs et à créer suffisamment d'espace pour progresser sur le plan personnel et émotionnel. Il permet plus particulièrement de supporter les cycles naturels de la vie et d'accepter les transitions. Il incite à prendre son indépendance et la responsabilité de sa propre vie. Ce minéral qui ouvre le cœur favorise la fidélité. Il émet de fortes vibrations de paix et offre un bouclier protecteur. Le péridot dissipe également les sentiments douloureux, comme la culpabilité ou la jalousie. C'est une pierre qui attire la prospérité. Les guérisseurs l'utilisent pour soigner les déséquilibres du système endocrinien, et ainsi améliorer la santé et la vitalité en général.

Note : le péridot est l'une des rares gemmes à naître dans le manteau, sous la croûte terrestre. Formé dans la lave, il remonte à la surface de la terre. Sa teinte verte unique dépend de sa teneur en fer.

UTILISATION :

Pour soi : placez-le sur le chakra du Cœur pour accentuer votre joie ou vous libérer de sentiments négatifs liés à une relation.

Pour la maison : crée une atmosphère harmonieuse et renforce la relation avec son conjoint.

Pour le bureau : soulage le stress et favorise la prospérité.

VARISCITE

Courage + Joie + Compassion

Couleur: vert

Chakras: Plexus solaire + Cœur

Principaux gisements: Australie, Allemagne, États-Unis

En quoi est-il magique? Pierre paisible et joyeuse, la variscite a le pouvoir d'apaiser l'esprit et d'énergiser le corps. Elle aide à remonter le moral des personnes trop graves et à alléger les énergies pesantes. Particulièrement utile aux personnes qui se sentent mal à l'aise dans des contextes sociaux inhabituels ou qui ont une aversion pour le réseautage, ce minéral vert pâle atténue l'anxiété générée et facilite la communication. La variscite ouvre le chakra du Cœur, et y infuse de l'amour et du soutien. Elle vibre du caractère sacré de la nature, et rappelle qu'il est bon d'apprécier la beauté du monde et de s'y connecter. Les guérisseurs pensent qu'elle peut apaiser et équilibrer le système nerveux.

Note: la variscite est un phosphate d'aluminium hydraté dont la teinte verte est due à des inclusions de chrome. Elle doit son nom à la région allemande du Vogtland, anciennement appelée Variscia, où elle a été décrite pour la première fois.

UTILISATION:

Pour soi: méditez en tenant une variscite pour faire taire votre brouhaha mental et vous ancrer grâce à son énergie terrestre.

Pour la maison: contribue à trouver un terrain d'entente et à communiquer avec un colocataire nouveau ou difficile d'accès.

Pour le bureau: calme la nervosité relative à un projet ou une présentation. Utilisez-la comme un galet antistress.

MOLDAVITE

Changement + Transformation + Épanouissement

Couleur : vert

Chakras : Cœur + Troisième Œil

Principaux gisements : République tchèque

En quoi est-il magique ? La moldavite est connue pour ses pouvoirs de transformation, et ses effets sont puissants et rapides : elle peut chambouler la vie d'une personne de manière parfois inattendue, mais toujours pour son bien. Rien de surprenant à cela si l'on considère la formation de cette pierre, qui est issue de l'impact de débris extraterrestres sur terre. Ce cristal mystérieux et à l'énergie très forte résulte de cet impact. La moldavite travaille sur le centre, vous aidant à vous défaire de relations qui ne sont plus bonnes pour vous, ou de schémas amoureux toxiques. Il faut avouer que nous ne reconnaissons pas toujours ce que nous devrions abandonner, et c'est pourquoi les changements inspirés par la moldavite peuvent apparaître comme un choc. Mais soyez sans crainte, cette pierre saura aussi vous rappeler que vous valez mieux que ces poids inutiles.

Note : la moldavite est en fait une forme de verre naturel appelé « tektite », formé par l'impact d'une météorite, il y a 15 millions d'années.

UTILISATION :

Pour soi : posez une intention et utilisez la moldavite pour initier des modifications significatives dans votre vie personnelle.

Pour la maison : posée sur votre table de nuit, la moldavite accentuera votre capacité à rêver et les messages que vous pourrez y trouver.

Pour le bureau : si vous avez l'impression de stagner dans votre travail, la moldavite peut vous inspirer de grands changements.

SHATTUCKITE

Communication + Connexion + Conscience de soi

Couleur : bleu

Chakras : Cœur + Gorge + Troisième Œil

Principaux gisements : États-Unis

En quoi est-il magique ? La shattuckite est une pierre qui crée du lien. Son camaïeu de bleus vibrants aide à mettre en rapport votre cœur et votre esprit, notamment au point de rencontre qu'est la gorge. Ce cristal puissant renforce trois des chakras supérieurs, vous donne la possibilité de penser sur un plan plus élevé, et de vous exprimer du fond du cœur, en alignant votre état mental et émotionnel. Grâce à ces propriétés, la shattuckite procure une conscience de soi affirmée et renforce la capacité à s'exprimer de manière authentique, mais aussi à se faire entendre, et cela crée des liens forts avec les autres aussi. Cette pierre favorise les liens au-delà du monde physique, créant un pont vers vos ancêtres et vers l'amour qui vous guide depuis l'au-delà.

Note : son nom vient de la Shattuck Mine, à Bisbee en Arizona, où la shattuckite a été découverte en 1915.

UTILISATION :

Pour soi : méditez avec une shattuckite pour entrer en communication avec un pouvoir supérieur.

Pour la maison : crée un lieu où la communication est facile.

Pour le bureau : aide à favoriser les échanges avec les personnes qui interagissent avec vous.

KUNZITE

Acceptation + Empathie + Attention à soi

Couleur : rose + mauve

Chakras : Cœur

Principaux gisements : Afghanistan, Pakistan, États-Unis

En quoi est-il magique ? La kunzite est une pierre de joie et de félicité pures. Elle parle directement au cœur, vous permettant de sentir tout l'amour qui vous entoure déjà. Elle s'apparente à une accolade chaleureuse et tendre qui crée la place nécessaire non seulement pour avoir de la compassion envers les autres, mais aussi pour s'estimer, s'aimer et prendre soin de soi. Ce cristal rose pâle ou lilas, hautement vibratoire, est aussi un puissant agent de guérison émotionnelle : sa magie opère d'abord au niveau du cœur, puis passe les informations au mental. La kunzite est connue pour renforcer la paix et l'acceptation, mais sa qualité la plus bénéfique reste peut-être la manière dont elle aide à installer et respecter des limites, élément qui constitue l'un des aspects les plus importants de la santé émotionnelle.

Note : ce minéral a été découvert en 1902 en Californie du Sud et doit son nom à George Frederick Kunz, minéralogiste de la compagnie Tiffany & Co, qui avait déjà identifié cette couleur de spodumène jusque-là inconnue.

UTILISATION :

Pour soi : portez un collier en kunzite afin de bénéficier du pouvoir guérisseur de cette pierre placée sur le chakra du cœur.

Pour la maison : procure un environnement serein où les canaux de communication sont ouverts.

Pour le bureau : aide à conserver des limites en la vie personnelle et le travail.

MORGANITE

Compassion + Romantisme + Amour

Couleur : rose + pêche

Chakras : Cœur

Principaux gisements : Afghanistan, Brésil, Madagascar

En quoi est-il magique ? Ce cristal dégage une énergie subtile, paisible et requinquante. C'est une pierre douce qui peut inspirer des actes romantiques et déborde d'amour inconditionnel. Elle est en résonance avec le chakra du cœur et vous aidera à résorber toute tension, peine ou traumatisme qui s'y loge. Ses teintes pêche, rose pâle vous enveloppent d'un agréable sentiment de bien-être, vous permettant de voir le meilleur dans le monde, tout en vous connectant à une conscience collective. Ce cristal favorise la compassion envers soi et envers les autres, vous permettant d'être indulgent et de disposer de la patience et de l'espace nécessaires pour guérir de l'intérieur. La morganite a une présence apaisante qui calme le mental, et les guérisseurs croient qu'elle agit aussi sur le physique, en aidant à réguler les systèmes nerveux surmenés.

Note : après la découverte en 1910 d'un gisement important de ce que l'on croyait être du « béryl rose », la morganite a reçu son nom de J. P. Morgan, financier américain et grand collectionneur de pierres précieuses.

UTILISATION :

Pour soi : portez une morganite pour vous sentir aimé en toutes circonstances.

Pour la maison : déposez un cristal dans votre chambre à coucher pour favoriser l'intimité romantique.

Pour le bureau : aide à maintenir la paix et le calme sur le lieu de travail.

AGATE MOUSSE

Purification + Paix + Connexion

Couleur : blanc ou transparent avec des taches vertes + marron

Chakras : Cœur

Principaux gisements : Brésil, Inde, Uruguay

En quoi est-il magique ? Avec une agate mousse, c'est comme si vous aviez un coin luxuriant de forêt paisible et spectaculaire à portée de main. Une énergie terrienne apaisante et nourricière s'en dégage, vous permettant de profiter de l'harmonie tranquille de la nature. Son action est aussi purifiante qu'une grande inspiration sous la canopée d'une forêt primaire ne connaissant pas les pollutions de l'humanité. L'agate mousse est connue pour attendrir, car elle entoure le cœur d'un amour stable et tendre qui permet de transmettre cette énergie de guérison. Il s'agit aussi d'une pierre d'abondance : elle ouvre votre cœur tout en vous ancrant dans la terre pour vous montrer tous les bienfaits qu'elle met à votre disposition.

Note : bien que l'agate mousse soit une calcédoine – terme général pour les quartz délicatement cristallisés qui regroupent toutes les variétés d'agate –, elle ne présente pas de rayures concentriques. Les inclusions vertes que l'on trouve sur ce minéral sont causées par des impuretés métalliques dont les motifs évoquent la mousse.

UTILISATION :

Pour soi : ayez recours à l'agate mousse quand vous ressentez un fort besoin de verdure et que vous n'avez pas la possibilité de vous immerger en pleine nature.

Pour la maison : apporte une note purifiante et procure une atmosphère paisible.

Pour le bureau : favorise votre commerce pour qu'il puisse prospérer et croître, tout comme la forêt aide la mousse à s'épanouir.

OPALE VERTE

Régénération + Équilibre + Changement

Couleur : vert

Chakras : Cœur

Principaux gisements : Australie, Madagascar, Pérou

En quoi est-il magique ? L'opale verte est un puissant réparateur émotionnel. Elle est animée d'une énergie d'amour, d'acceptation et de guérison qui vous aidera à centrer votre cœur et à équilibrer les émotions fortes. Mais il ne s'agit pas d'un simple pansement pour les blessures et cicatrices, l'opale fournit les outils nécessaires pour transcender la douleur, se débarrasser de schémas négatifs et aller de l'avant avec un nouveau point de vue sur votre passé et sur l'amour qui vous attend. Cette pierre vous laissera la sensation d'avoir été purifié et régénéré, vous vous sentirez prêt à repartir à zéro, le cœur frais. Immergez-vous dans l'aura radieuse de l'opale verte jusqu'à sentir ses vibrations émaner de votre propre cœur.

Note : l'opale verte est une variété d'opale commune, qui présente les couleurs chatoyantes qui la caractérisent. La teinte verte est due au fer (à ne pas confondre avec l'opale prase qui doit sa couleur verte au nickel).

UTILISATION :

Pour soi : mettez un morceau d'opale verte dans votre poche pour vous nourrir de son énergie qui vous donnera une sensation d'abondance.

Pour la maison : l'opale verte est particulièrement indiquée au printemps, pour faire entrer une énergie d'amour neuve et vivifiante dans votre maison.

Pour le bureau : si vous vous sentez bloqué, malheureux dans votre travail, cette pierre saura donner un coup de jeune à votre métier.

SÉRAPHINITE

Pardon + Compassion + Illumination

Couleur : vert foncé + gris

Chakras : Cœur + Couronne

Principaux gisements : Russie

En quoi est-il magique ? Travailler avec la séraphinite peut être décrit comme faire un tour sur les ailes d'un ange. Vous accédez à une conscience supérieure, entouré d'amour et de lumière. Cette pierre divine diffuse une spiritualité douce bien que puissante, qui agit sur les traumatismes du cœur et ouvre le chakra couronne pour établir une communication avec le divin. Les verts profonds de la séraphinite ont une qualité apaisante et inspirante qui donne l'impression d'être pris sous l'aile d'un être divin qui vous procure l'espace et la sécurité nécessaires pour guérir et grandir. C'est aussi un cristal de compassion, qui vous apprendra d'abord à vous pardonner, ce qui vous incitera ensuite à faire preuve d'empathie envers les autres.

Note : « Séraphinite » est le nom commercial d'un type de minéral clinochlore. Son aspect chatoyant (reflet de la lumière à l'intérieur de sa structure) donne parfois l'impression que cette pierre a des plumes, d'où le nom qu'on lui a donné, en référence aux séraphins, anges dont plusieurs religions font mention.

UTILISATION :

Pour soi : munissez-vous d'une séraphinite lorsque vous voulez sentir l'amour et la protection du divin.

Pour la maison : apporte de la lumière dans un lieu et le rend ouvert à la spiritualité.

Pour le bureau : en disposant une séraphinite dans votre espace de travail, vous faites entrer un peu de surnaturel dans le monde du concret.

STILBITE

Sérénité + Libération + Manifestation

Couleur : blanc + pêche

Chakras : Cœur + Troisième Œil + Couronne

Principaux gisements : Canada, Islande, États-Unis

En quoi est-il magique ? La stilbite est une sorte d'élixir relaxant pour le cœur et l'esprit : elle fait taire le bavardage des cerveaux en surchauffe et lave le cœur de ses vagues d'énergie joyeuse et paisible. Cette pierre a une action équilibrante, elle aide le corps émotionnel à retrouver son alignement et éclaire les chakras supérieurs.
Ce soutien bienveillant encourage l'exploration et l'expansion. Une vibration d'amour douce se dégage de ce cristal, qui vous aidera à clarifier les éléments de votre vie qui vous pompent de l'énergie, vous volent votre joie ou vous entravent de manière générale.
La manifestation et l'abondance font aussi partie des propriétés de cette pierre, qui vous permettra d'abord de libérer l'espace nécessaire pour ensuite faire entrer dans votre vie ce que vous désirez vraiment.

Note : la stilbite est dotée d'une surface nacrée, qui lui a valu son nom, d'après le terme grec stilbein, qui signifie briller, scintiller.

UTILISATION :

Pour soi : propice à la relaxation et la priorisation de l'attention à soi.

Pour la maison : apporte équilibre et joie au lieu où se trouve le cristal.

Pour le bureau : aide à se concentrer sur son travail et à clarifier ses objectifs.

ATLANTISITE

Tendresse + Alignement + Épanouissement

Couleur : vert + mauve

Chakras : Cœur + Couronne

Principaux gisements : Australie, Afrique du Sud

En quoi est-il magique ? Cette pierre, qui rassemble deux minéraux puissants, est un véritable concentré de positivité et d'expansion. D'un côté, vous avez la serpentine qui veille sur vous et diffuse son énergie tellurique de guérison pour le cœur. De l'autre, vous bénéficiez aussi du pardon bienveillant et de la compassion de la stichtite, qui émet également une vibration élevant la conscience. Cette combinaison donne à ce cristal une force irrésistible pour aller dans le bon sens, étendant un voile de protection sereine sur votre vie. Bien que l'énergie de l'atlantisite fortifie le cœur et aide la couronne à s'ouvrir, sa magie traverse tous les chakras, procurant un alignement de tous vos centres énergétiques et éveillant votre mental, votre corps et votre esprit.

Note : « Atlantisite » est le nom commercial d'une sorte de serpentine (partie verte), contenant aussi de la stichtite (inclusions mauves).

UTILISATION :

Pour soi : si vous avez besoin de prendre un nouveau départ, déposez une atlantisite sur votre autel et ressentez l'équilibre qu'elle vous apporte, faisant place nette pour ce qui vous attend.

Pour la maison : favorise un foyer où règnent l'harmonie et l'optimisme.

Pour le bureau : protège votre cœur et votre esprit des aspects de votre travail qui vous prennent de l'énergie.

AGATE FLEUR DE CERISIER

Épanouissement + Croissance + Encouragement

Couleur : rose + pêche avec des plumes blanches

Chakras : Cœur

Principaux gisements : Madagascar

En quoi est-il magique ? Cette pierre douce sèmera les graines qui vous aideront à développer des racines solides et à fleurir. Son énergie sera le jardinier cosmique que vous avez toujours cherché : elle saura nourrir votre esprit, vous couvrir d'amour et sa lumière radieuse vous permettra de vous tourner vers le soleil pour laisser s'épanouir vos plus beaux pétales. L'agate fleur est très nourrissante, elle vous permettra d'approfondir vos liens avec la terre tout en guérissant votre cœur, de manière à vous faire accéder à l'estime de vous-même. C'est un cristal qui permet une transformation douce, qui vous soutiendra dans votre cheminement pour atteindre votre moi supérieur, qui vous permettra d'envisager puis d'atteindre votre plein potentiel.

Note : comme l'agate mousse, l'agate fleur est une variété de calcédoine laiteuse ou translucide, présentant des plumes évoquant des fleurs, dues à la présence d'oxydes lors de la formation de ce minéral.

UTILISATION :

Pour soi : utilisez l'agate fleur de cerisier quand vous êtes prêt à débuter un nouveau chapitre de votre vie, ou que vous avez besoin de vous apprécier davantage.

Pour la maison : donne une énergie solaire, regorgeant de possibilités.

Pour le bureau : aide à débrider la créativité sans perdre de vue les objectifs à atteindre.

UNAKITE

Harmonie + Amour + Ouverture

Couleur : rose + vert

Chakras : Cœur

Principaux gisements : Brésil, Afrique du Sud, États-Unis

En quoi est-il magique ? Si vous avez l'impression d'être sur des montagnes russes émotionnelles, faites entrer un morceau d'unakite dans votre vie. Elle émoussera les pics et amortira les chutes jusqu'à ce que la vie ralentisse suffisamment. Cette pierre tachetée de rose et de vert possède un fort pouvoir équilibrant : elle vous remontera le moral dans les mauvais jours et réduira les contrecoups d'émotions qui échappent à votre contrôle. Elle dégage une énergie du cœur aimante et solidement ancrée qui vous encouragera à vous ouvrir à ce que la vie a de meilleur à offrir. C'est avant tout l'harmonie vibratoire de l'unakite que l'on retient : ses inclusions roses inspirent l'émerveillement tandis que son vert terrien vous ancre dans l'ici et maintenant.

Note : les coloris uniques de l'unakite sont composés d'épidote (vert), d'orthoclase (rose) et de quartz incolore ou laiteux. Elle doit son nom à la chaîne de montagnes Unaka, dans le sud des États-Unis, où elle a été découverte.

UTILISATION :

Pour soi : si vous avez la sensation que vos émotions vous échappent, mettez un morceau d'unakite dans votre poche pour diminuer leur intensité et vous aider à les surmonter.

Pour la maison : donne un sentiment d'harmonie et de stabilité.

Pour le bureau : crée un environnement de travail harmonieux, qui encourage les interactions positives entre collègues.

ÉPIDOTE

Prospérité + Renouveau + Amplification

Couleur : vert + noir

Chakras : Cœur

Principaux gisements : Autriche, Pakistan, États-Unis

En quoi est-il magique ? L'épidote est une bonne pierre pour la guérison du cœur. Si vous êtes en train de digérer une histoire d'amour qui a mal tourné, une rupture douloureuse ou une trahison de la part d'un ami, ce cristal d'un vert profond se révélera un précieux coach pour votre cœur. L'épidote vous aidera à y voir plus clair dans vos sentiments et vous apprendra à rouvrir votre cœur au lieu de vous replier sur vous-même. Quand vous serez prêt, cette pierre vous montrera le chemin de nouvelles relations, vous aidera à prendre en compte tout ce que vous avez appris afin d'aller de l'avant avec plus de prudence et de conscience. L'épidote est aussi un cristal qui favorise l'abondance et qui a un rôle amplificateur : toute l'énergie que vous dépensez vous sera restituée.

Note : l'épidote est un cristal secondaire que l'on trouve dans les roches métamorphosées, où il remplace les minéraux ainsi transformés. C'est l'une des principales composantes de l'unakite.

UTILISATION :

Pour soi : posez une épidote sur votre chakra du cœur pour aider à dissiper l'énergie de relations qui ne sont plus bénéfiques.

Pour la maison : attire l'amour et la prospérité dans votre foyer.

Pour le bureau : l'épidote peut aussi agir sur des relations sans dimension romantique, en favorisant les liens et en vous aidant à surmonter les expériences négatives.

JASPE OCÉAN

Joie + Calme + Purification

Couleur : multicolore

Chakras : Cœur

Principaux gisements : Madagascar

En quoi est-il magique ? Le jaspe océan détient la sagesse de l'eau et de la terre. C'est une pierre qui unit ces éléments et émet des énergies stabilisantes et apaisantes qui vous donneront la sensation que vos soucis sont emportés par des vagues d'amour et d'approbation. Ce cristal vous apporte le bien-être procuré par la combinaison du sable chaud, de l'eau purifiante et d'une profonde relaxation sur la plage. Mais c'est aussi la joie de sauter dans les vagues, l'émerveillement devant les mares laissées par la mer et la prise de conscience que vous êtes une goutte dans l'océan de l'humanité. Cette pierre douce nourrira votre esprit et vous rappellera de vous autoriser à faire ce qui vous rend heureux.

Note : le jaspe océan est le nom commun du jaspe orbiculaire : les « orbes » sont des inclusions de quartz et de feldspath cristallisées en cercles.

UTILISATION :

Pour soi : en portant un morceau de jaspe océan, vous n'oublierez pas que vous ne pouvez pas stopper les vagues, mais apprendre à les chevaucher.

Pour la maison : donne à un lieu une impression de contentement et accentue la propension à la joie.

Pour le bureau : imprègne le lieu de travail d'une atmosphère calme et stimulant l'imagination.

THULITE

Tendresse + Acceptation + Amour de soi

Couleur : rose

Chakras : Cœur + Troisième Œil

Principaux gisements : Nouvelle-Zélande, Norvège, États-Unis

En quoi est-il magique ? La merveilleuse teinte rose de la thulite dégage amour et positivité. Même la pierre la plus petite regorge de joie et vous aidera à fortifier votre cœur et à l'ouvrir à l'amour qui vous entoure. Plus important, la thulite vous rappellera que l'amour vient aussi de l'intérieur et vous encouragera à prendre soin de vous, à contrecarrer la négativité de votre voix intérieure et vous mènera à l'acceptation de soi. Cet amour va aussi se porter vers l'extérieur, et vous aidera à renforcer les relations dans votre vie, qu'elles soient romantiques, platoniques ou familiales. Pour tous ceux qui ont besoin de tendresse et d'attention, la thulite vous aidera à faire entrer ces éléments dans votre vie.

Note : la thulite est une variété rose de zoïsite, qui fait partie du groupe des épidotes. On en trouve aussi des variétés violettes, vertes, jaunes et plus rarement bleues, qui porte le nom de tanzanite. Cette zoïsite rose a été découverte en Norvège et nommée en hommage à Thulé, île mythique que les Grecs anciens considéraient comme la plus au nord du monde.

UTILISATION :

Pour soi : posez une pierre sur votre chakra du cœur pour un doux réconfort et un regain d'estime personnelle.

Pour la maison : apporte de l'harmonie à un lieu et favorise les liens entre les personnes qui y vivent.

Pour le bureau : encourage des rapports vrais entre les personnes, au-delà des tâches à accomplir.

STICHTITE

Pardon + Grâce + Compassion

Couleur: rose + mauve

Chakras: Cœur + Troisième Œil + Couronne

Principaux gisements: Australie, Mexique, Russie

En quoi est-il magique ? La stichite est une pierre de pardon, qui peut agir sur divers plans. Si vous avez l'intention de pardonner à quelqu'un, la stichite peut adoucir la morsure de ce que vous ressentez comme des transgressions et modifier vos émotions par rapport à des événements passés. Si c'est à vous-même que vous avez besoin de pardonner, ce cristal vous aidera à retrouver compassion et amour envers vous. Dans tous les cas, cette pierre mauve prodigue tendresse et envie de partager ces bons sentiments en apportant votre aide aux autres. C'est un support parfait pour celles et ceux qui veulent se dépêtrer d'un récit négatif qu'ils se sont habitués à raconter, et à écrire une nouvelle histoire basée sur l'amour et l'acceptation.

Note : la stichtite a été découverte sur la côte de Tasmanie en 1910 et doit son nom à Robert Sticht, qui était le responsable de la compagnie de train et de mines de Mount Lyell, dans la ville de Queenstown.

UTILISATION :

Pour soi : si vous avez du mal à laisser le passé derrière vous, prenez une stichtite pour vous aider à vous défaire d'anciennes émotions.

Pour la maison : crée un espace sécurisé où règne la compassion.

Pour le bureau : particulièrement bénéfique pour les personnes qui travaillent sur des terrains difficiles sur le plan des émotions.

SMITHSONITE

Réflexion + Calme + Recul

Couleur : blanc + vert + jaune + rose + mauve

Chakras : Cœur + Gorge

Principaux gisements : Grèce, Italie, États-Unis

En quoi est-il magique ? La version la plus courante de smithsonite, d'une teinte vert-bleu, agit comme un baume apaisant pour les anxieux. Cette pierre diffuse une énergie qui calme et aide à ralentir, dissipe le stress du quotidien et modère les pensées et émotions excessives. La smithsonite encourage une réflexion profonde, vous aide à prendre du recul, respirer un bon coup et vous concentrer sur ce qui importe vraiment. Non seulement ce cristal vous aidera à le ressentir avec le cœur, mais il vous permettra aussi de l'exprimer. La smithsonite a pour effet de clarifier les émotions, permettant à celui qui l'utilise de parler avec une profonde authenticité.

Note : autrefois, la smithsonite était appelée « calamine » mais, après analyses, il est apparu que les calamines entraient dans deux groupes distincts : certains minéraux sont carbonatés, d'autres des pierres silicatées. La calamine de zinc carbonaté a donc été renommée « smithsonite » (en l'honneur de James Smithson, fondateur de l'institut Smithsonian) et a constitué une source première de zinc jusqu'en 1880.

UTILISATION :

Pour soi : méditez à proximité d'une smithsonite pour atteindre une respiration plus profonde.

Pour la maison : avec un morceau de smithsonite dans votre chambre, vous obtiendrez un cocon de quiétude encourageant à la réflexion pour conclure la journée.

Pour le bureau : aide à maintenir le stress à distance et aide à garder à l'esprit ce qui est important.

GARNIÉRITE

Abondance + Amour de soi + Radiance

Couleur : vert

Chakras : Cœur

Principaux gisements : France, Madagascar, États-Unis

En quoi est-il magique ? Vous êtes un être spirituel, et la garniérite a pour mission de vous le rappeler. C'est une pierre qui soutient le cœur et diffuse des rayons d'amour de soi pour vous inviter à la compassion, au pardon et à la confiance innée en votre valeur. Si vous placez les besoins de tout le monde avant les vôtres, que vous avez l'impression de vous être perdu à force de vous occuper des autres, laissez la garniérite vous chouchouter. Elle vous encouragera à penser d'abord à vous, nourrira votre lumière intérieure pour que sa radiance puisse grandir et briller à l'extérieur. Ce n'est qu'en atteignant cet état que vous pourrez vraiment être utile aux autres. La garniérite est aussi une pierre de l'abondance, capable d'accentuer toutes sortes de manifestations.

Note : « garniérite » est le terme générique donné aux minéraux nickélifères. La couleur verte vient du nickel, qui a pris la place d'une partie du magnésium de la pierre.

UTILISATION :

Pour soi : utilisez la garniérite pour renforcer vos capacités de manifestation.

Pour la maison : crée un espace où les amitiés fleurissent et où l'attention à soi est une priorité.

Pour le bureau : très utile pour les stakhanovistes, qui doivent se souvenir de penser à eux de temps en temps !

TRÉMOLITE

Mérite + Reconnexion + Confiance

Couleur : vert

Chakras : Cœur

Principaux gisements : Italie, Suisse, Tanzanie

En quoi est-il magique ? La trémolite possède une énergie terrienne stable qui passe à l'action immédiatement en guérissant le cœur et en vous redonnant la capacité à aimer et à être aimé. Si vous souffrez d'agitation anxieuse, surtout en lien avec les relations, la paix profonde qu'apporte cette belle pierre verte aidera à calmer votre esprit. Elle saura aussi améliorer votre estime et vous aidera à voir que vous avez de la valeur et méritez tout l'amour que l'univers peut vous offrir. Pour les personnes en couple, le travail avec la trémolite peut vous aider à ressentir les liens qui vous unissent, reléguant les différences superficielles au second plan et permettant à l'amour de circuler plus librement entre vous.

Note : la trémolite se crée à partir de sédiments riches en dolomite et en quartz, sous l'effet de la chaleur et de la pression. La trémolite de magnésium pur est blanche, mais les spécimens verts sont dus à la présence de fer. Attention toutefois, il est recommandé d'éviter les pierres friables ou fibreuses car, sous cette forme, il s'agit d'une amiante, avec tous les effets néfastes qu'on lui connaît.

UTILISATION :

Pour soi : posez un morceau de trémolite sur votre chakra du cœur pour ressentir un rechargement d'amour et d'estime de soi.

Pour la maison : aide à raviver la flamme et à mettre l'amour au premier plan, même au sein du foyer le plus débordé.

Pour le bureau : minimise les tensions ou gênes dans les relations avec les collègues de travail.

AJOÏTE

Amour divin + Paix + Énergie féminine

Couleur : bleu turquoise

Chakras : Cœur + Gorge

Principaux gisements : Afrique du Sud, États-Unis

En quoi est-il magique ? Cette pierre émet des vibrations d'amour et de positivité. Elle vous aidera à déstresser et à retrouver votre calme. Elle aide à créer une atmosphère harmonieuse et vous fait accéder à une compréhension spirituelle supérieure. Son action nettoyante sur les chakras de la gorge et du cœur vous facilitera l'accès à votre vérité et à sa compréhension, et aussi à son expression sincère et sans retenue. Cette pierre douce et apaisante aide à se débarrasser des énergies négatives afin de poursuivre son évolution spirituelle. Son énergie féminine peut aider à apaiser les symptômes du syndrome prémenstruel ou de la ménopause. On dit aussi qu'elle a un effet harmonisant sur le corps dans son ensemble, et sur la peau en particulier.

Note : baptisée d'après le lieu où elle a été identifiée pour la première fois – dans la région d'Ajo, en Arizona –, l'ajoïte est un silicate contenant du cuivre que l'on trouve souvent en inclusion dans du quartz transparent.

UTILISATION :

Pour soi : tenez un cristal dans votre main pour atteindre une connexion spirituelle supérieure, ou lorsque vous avez besoin d'un soutien pour dire ce que vous avez sur le cœur.

Pour la maison : fait entrer le calme et la tranquillité dans l'environnement.

Pour le bureau : promeut un sentiment d'harmonie et le développement personnel.

TOURMALINE MELON D'EAU

Joie + Vibration + Aisance

Couleur : rouge ou rose + vert

Chakras : Cœur

Principaux gisements : Brésil, Madagascar, États-Unis

En quoi est-il magique ? Cette adorable pierre incarne la joie sans souci d'une journée ensoleillée, agréablement chaude. Elle dégage une énergie vibrante qui évoque la joie et procure une paix intérieure profonde. Si vous êtes inquiet, que votre cerveau est trop actif ou que vous êtes aux prises avec une voix intérieure trop critique, passez un peu de temps avec une tourmaline melon d'eau : vous vous sentirez moins à cran, vos pensées se poseront et vos traits se décrisperont sous l'action irrésistible de ses vibrations chaleureuses. Ce cristal saura trouver le chemin de votre cœur, lui transmettant aisance et acceptation, si bien que vous vous sentirez revivifié de fond en comble. Vous retrouverez le plaisir de prendre soin de vous et vous vous sentirez débordant d'une énergie d'amour que vous aurez envie de partager autour de vous.

Note : on devine aisément ce qui a inspiré le nom de ce cristal dynamique puisqu'il s'agit d'une variété de tourmaline qui possède deux zones de couleur bien distinctes et frappantes : rouge ou rose au centre, avec un contour vert, comme une pastèque !

UTILISATION :

Pour soi : si vous vous sentez vidé, allongez-vous avec une tourmaline melon d'eau sur le cœur et laissez la joie qui émane de cette pierre envahir tout votre corps.

Pour la maison : diffuse une énergie joyeuse et lumineuse dans tout l'espace.

Pour le bureau : vous rappelle de trouver de l'amusement dans votre travail.

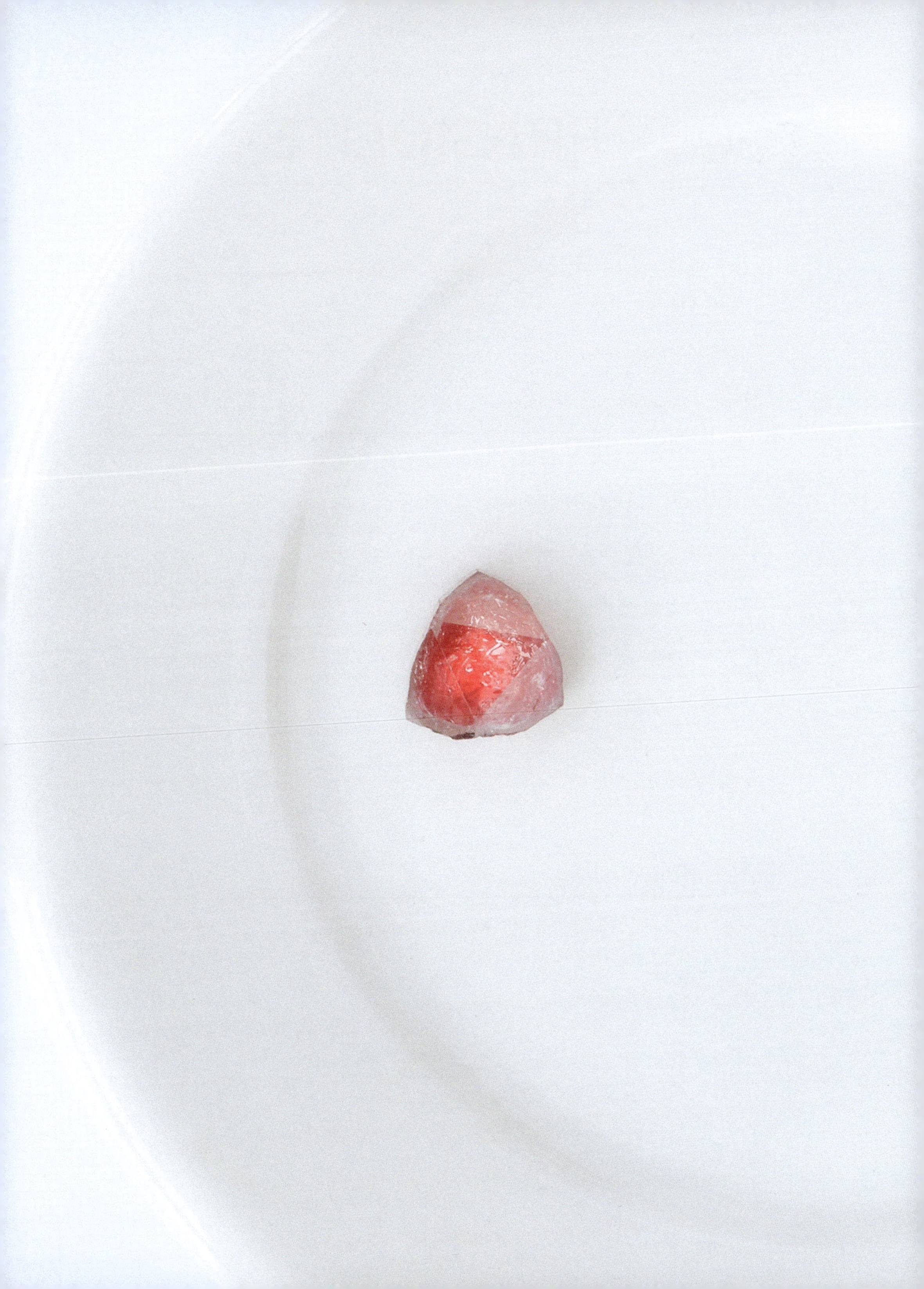

PRASIOLITE

Positivité + Pureté + Renouveau

Couleur : vert

Chakras : Cœur

Principaux gisements : Brésil, Pologne

En quoi est-il magique ? La prasiolite possède toutes les qualités du quartz, amplifiées à destination du chakra du cœur grâce à sa teinte verte. Son action nettoyante et purifiante est idéale si vous cherchez à vous remettre après avoir eu le cœur brisé, qu'il s'agisse d'une histoire romantique, amicale ou familiale. Si la fissuration d'une relation intime vous a donné l'impression d'être blessé, trahi ou que votre confiance a été mise à mal, la prasiolite pourra vous aider à surmonter ces émotions. L'action douce de cette pierre vous encouragera à démêler les écheveaux de vos sentiments, à vous libérer des liens qui ne vous sont plus bénéfiques et rouvrira votre cœur, fortifié et confiant.

Note : cette variété de quartz vert transparent tient son nom des termes grecs prason et lithos, « pierre poireau », en référence à la couleur de ce cristal.

UTILISATION :

Pour soi : la prasiolite vous aidera à vous laisser guider par votre cœur, en faisant confiance à sa sagesse.

Pour la maison : décuple l'amour et l'harmonie présents dans un lieu.

Pour le bureau : aide à renforcer les relations et partenariats qui sont bons pour vous.

CHAKRA DU PLEXUS SOLAIRE

Identité + Estime de soi + Puissance personnelle

Nom sanskrit

Manipura: en sanskrit, *mani* signifie «joyau» et *pura* signifie «place» ou «ville». *Manipura* est souvent traduit par «pierre brillante».

En bref: le troisième chakra de notre système énergétique, le chakra du plexus solaire, est le dernier des chakras inférieurs. Il se situe dans le haut du ventre, juste au-dessus du nombril, au niveau de l'estomac, du diaphragme et du milieu du dos. C'est le cœur de notre identité. Il gouverne notre confiance et notre estime de nous-mêmes. C'est le fondement de notre être et de notre manière d'évoluer dans le monde.

Le chakra du plexus solaire est notre essence, notre ego, notre moi conscient. Il dirige notre authenticité et nous donne un but. Il est lié à l'estime de soi et la puissance, à la volonté et la motivation personnelles. Sur le plan physique, il gouverne notre système digestif et la plupart des organes qui y sont associés, notamment l'estomac, le foie et le pancréas. Il est représenté par le feu: il nous donne le feu intérieur dont nous avons besoin pour avancer, pour nous transformer au fil des changements qui surviennent, pour réaliser nos rêves d'une manière saine et épanouissante. Le plexus solaire gouverne aussi notre «feu digestif», en dirigeant le système qui nous énergise et nous rend forts. Un *manipura* équilibré nous confère un véritable sentiment du soi et nous aide à comprendre quel est notre objectif de vie. Lorsque nous avons confiance en qui nous sommes et que nous sommes mus par des rêves authentiques, tout se met en marche, les plans se réalisent facilement, et lorsque ce n'est pas le cas nous avons suffisamment de confiance en nous-mêmes et en l'Univers pour savoir que ce sera le cas, le moment venu. Prendre soin de notre chakra du plexus solaire revient à prendre soin de notre essence, à poser les bases pour nous sentir bien dans notre peau et en accord avec nos objectifs.

ÉLÉMENT
FEU

LOCALISATION
HAUT DU VENTRE,
AU NIVEAU DU DIAPHRAGME
ET DU MILIEU DU DOS

ALIMENTS
- **OIGNONS & PIMENTS**
- **HARICOTS**
- **BANANES**
- **ANANAS**

SYMBOLE

COULEUR

JAUNE

HUILES ESSENTIELLES
ANIS, HÉLYCRISE, FENOUIL, CITRON, MENTHE POIVRÉE

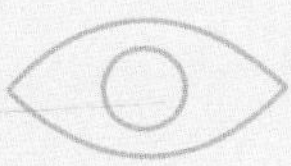

SENS
VUE

CRISTAUX
CITRINE, TOPAZE JAUNE DORÉ,
PYRITE, CALCITE JAUNE

SYMPTÔMES DE DÉSÉQUILIBRE

Lorsque le chakra du plexus solaire n'est pas aligné, cela peut avoir des conséquences catastrophiques sur la manière dont nous nous sentons et nous donner l'impression qu'atteindre notre objectif va être difficile. Sur le plan physique, le déséquilibre de *manipura* peut se manifester sous la forme de troubles digestifs.

Chakra suractif: lorsque le chakra du plexus solaire est suractif, il arrive que nous ayons la sensation que notre ego triomphe de nous. Nous sentons que nous avons un besoin de contrôle et de domination, ou qu'une obsession pour la perfection nous détourne de notre voie. Il se peut que nous soyons vite contrariés et que nous ayons des accès de productivité sans être capables de conserver une motivation constante et durable.

Chakra sous-actif: lorsque le chakra du plexus solaire est bloqué ou stagnant, notre estime de nous-mêmes en prend un coup. Nous nous sentons impuissants ou insignifiants. Nous sommes incapables d'avoir accès à notre moi authentique, ce qui peut rendre difficile la prise de décision ou nous empêcher de nous exprimer. Nous avons l'impression de ne pas voir la lumière qui nous guide ou que les obstacles pour réaliser nos rêves sont trop grands pour être surmontés.

SYMPTÔMES MENTAUX & ÉMOTIONNELS

Le déséquilibre du chakra du plexus solaire se traduit par une estime de soi instable et tous les sentiments néfastes que cela induit.

- Faible estime de soi
- Perfectionnisme obsessionnel
- Absence d'objectif
- Sentiment d'insécurité
- Incapacité à être notre moi authentique
- Difficulté à prendre des décisions
- Sentiment d'être une victime
- Volonté de contrôle ou excès d'ambition

SYMPTÔMES PHYSIQUES

Le chakra du plexus solaire étant celui qui gouverne nos intestins, dans la plupart des cas, les symptômes physiques d'un déséquilibre se traduisent par des troubles digestifs.

- Ballonnements ou maux de ventre
- Indigestion
- Brûlures d'estomac
- Troubles de la continence
- Nausées
- Diabète

BIENFAITS DE L'ÉQUILIBRE

Lorsque nous avançons dans le monde avec assurance et confiance, nous savons que notre chakra du plexus solaire est ouvert et à l'équilibre. Le chemin à suivre est clair, nous savons que nous faisons exactement ce qu'il faut et nous avons une estime de nous-mêmes solide, que ni les autres ni l'environnement ne peuvent ébranler. Notre estime de nous-mêmes n'étant pas remise en cause, nous sommes en mesure de soutenir les autres et d'œuvrer à rendre le monde meilleur pour tous.

Un état de flux: rechercher l'harmonie de *manipura* nous aide à prendre soin de nous, ce qui nous permet de prendre soin des autres. Cela nous donne un objectif et nous place dans le flux de nos rêves: leur réalisation nous paraît inévitable. Nous sommes motivés par sa force et sa chaleur puissantes mais douces. Il réveille notre guerrier intérieur, afin que nous soyons en mesure de faire face aux hauts et aux bas de la vie. Au lieu d'être déstabilisés par un défi, nous sommes en mesure de le considérer comme un enseignement précieux, qui nous pousse vers la croissance et la réussite. Il renforce notre instinct, afin que nous puissions puiser dans ce que nous savons en nous-mêmes être bon. Un *manipura* équilibré est l'incarnation de l'empouvoirement, qui nous fait irradier de force et de compétence.

MANIPURA EN HARMONIE

Équilibrer le chakra du plexus solaire est possible grâce au travail effectué sur les chakras racine et sacré.
C'est la manifestation du fait que nous devenons nous-mêmes et avons une véritable estime de nous-mêmes. Un chakra du plexus solaire équilibré apporte:

- Confiance
- Motivation
- Sentiment d'identité
- Objectif
- Manifestation
- Force
- Estime de soi
- Empouvoirement
- Résilience

AFFIRMATION DU CHAKRA DU PLEXUS SOLAIRE: «JE PEUX»

Le chakra du plexus solaire nous sensibilise à notre potentiel et nous ouvre la voie pour nous permettre de suivre nos rêves.
Il nous apporte confiance et motivation. L'affirmation qui lui correspond est «je peux.»

CRISTAUX

Les cristaux qui résonnent avec le plexus solaire dégagent de la chaleur et de la positivité. Ils boostent la confiance et agissent comme des révélateurs puissants, qui aident à équilibrer le sentiment d'abondance. Les pierres présentées ci-dessous sont toutes bénéfiques au travail sur *manipura*, mais chacune traite un domaine différent.

CITRINE

La citrine coche toutes les cases pour travailler à l'alignement du chakra du plexus solaire. C'est une pierre de manifestation puissante, qui vous aidera à comprendre que l'abondance a plus à voir avec les possibles qu'avec les biens matériels. Elle renforce l'estime de soi, aide à affronter les obstacles et à réaliser ses désirs véritables.

À vous de jouer: elle s'emporte facilement partout avec soi, dans une poche, ou peut aussi être portée en bijou.

TOPAZE JAUNE DORÉ

L'énergie délicate et chaude de ce cristal gorgé de soleil vous aidera à stimuler votre esprit et vous apportera l'inspiration. C'est une pierre au pouvoir d'attraction, qui vous aidera à être aligné avec vos désirs et attirera l'abondance, mais qui veillera à ce que le succès ne l'emporte pas sur la pureté de vos intentions.

À vous de jouer: si votre chakra du plexus solaire est sous-actif, faites prendre un bain de soleil à votre topaze dorée pour renforcer son énergie masculine. Placez-la ensuite près de vous lorsque vous faites les postures de yoga qui stimulent *manipura* (page 220) afin de renforcer leur effet.

PYRITE

La pyrite est parfaitement adaptée au soutien du chakra du plexus solaire. Elle possède un effet d'ancrage et d'empouvoirement et peut vous aider à vous concentrer tout en vous poussant à aller de l'avant. Son énergie masculine stimule la confiance et ouvre la voie à l'attraction et à l'abondance.

À vous de jouer: la pyrite est idéale pour le lieu de travail. Posez-la sur votre bureau pour profiter de sa force de protection, de positivité et de potentiel.

CALCITE JAUNE

Si vous remarquez un comportement dû à un déséquilibre du plexus solaire, la calcite jaune peut vous aider à purifier cette énergie ancienne et à faire la place pour un empouvoirement personnel. Ses vibrations ensoleillées vous aideront à vous dynamiser et à vous motiver. Elle ouvre la voie à la guidance du divin, pour vous aider à trouver votre objectif.

À vous de jouer: pour un effet de purification, d'équilibrage et d'ouverture, allongez-vous et posez un morceau de calcite jaune sur votre chakra du plexus solaire (au milieu du dos si vous êtes allongé sur le ventre, ou juste au-dessus du nombril si vous êtes sur le dos). Restez immobile pendant quelques minutes.

Dans le sens des aiguilles d'une montre en partant du haut : topaze jaune doré, calcite jaune, citrine, pyrite.

AMBRE

Bonheur + Protection + Prospérité

Couleur : orange

Chakra : Plexus solaire

Principaux gisements : Région de la mer Baltique, Mexique, États-Unis

En quoi est-il magique ? L'ambre permet de prendre la vie du bon côté, car il transforme les énergies négatives en énergies positives.
Il apporte chaleur et confort, favorise une bonne estime de soi et fait délicatement ressortir l'éclat naturel des personnes qui l'utilisent.
C'est de là probablement qu'il tient sa réputation d'attirer l'amour.
Cette résine ancienne est également apaisante et protectrice.
Elle soulage l'anxiété et crée un bouclier énergétique, procurant ainsi un sentiment de sécurité. L'ambre est souvent appelé « la pierre du courage ».
Il vous incitera à prendre les mesures nécessaires pour réaliser votre potentiel.
C'est un guérisseur délicat qui équilibre et purifie les systèmes du corps.
Il possèderait également des vertus anti-inflammatoires.

Note : l'ambre est une résine fossile qui peut contenir des matières organiques telles que des insectes ou des déchets de plantes. L'ambre le plus ancien aurait plus de 320 millions d'années.

UTILISATION :

Pour soi : portez de l'ambre pour calmer vos angoisses et attirer l'énergie romantique si vous êtes à la recherche d'un partenaire.

Pour la maison : favorise l'harmonie et protège contre les énergies négatives extérieures.

Pour le bureau : encourage la coopération et la communication cordiale.

JASPE JAUNE

Stabilité + Protection + Pensées positives

Couleur : jaune

Chakras : Racine + Plexus solaire

Principaux gisements : Madagascar, États-Unis

En quoi est-il magique ? Le jaspe jaune est une pierre d'ancrage autant que d'élévation. De couleur moutarde, cette pierre vous construit, en vous donnant une force intérieure, de la détermination et de l'optimisme dans les périodes difficiles. Elle possède une énergie réconfortante et positive qui repousse la négativité, fait naître l'espoir et incite à voir les choses du bon côté. Elle protège les voyageurs, renforce et attire les amitiés, et nourrit le sentiment de communauté. Le jaspe jaune peut aussi vous aider à analyser des émotions complexes et vous guider vers une issue vraiment bénéfique.
Il vibre d'une énergie terrestre forte, ce qui en fait une pierre de soutien et de stabilisation. Les guérisseurs pensent qu'il énergise le corps, favorise le bien-être global et soulage les nausées et d'autres troubles digestifs.

Note : la teinte moutarde du jaspe jaune est due à une forte teneur en fer.

UTILISATION :

Pour soi : posez un jaspe jaune sur votre chakra Racine pour renforcer votre sentiment d'ancrage.

Pour la maison : crée une atmosphère réconfortante, en particulier dans les moments difficiles.

Pour le bureau : aide à apaiser les rivalités entre collègues.

HÉMATITE

Ancrage + Centrage + Stabilisation

Couleurs: noir + argent + brun-rouge

Chakras: Racine + Plexus solaire

Principaux gisements: Brésil, Angleterre, Italie

En quoi est-il magique? L'hématite est l'une des pierres d'ancrage les plus puissantes. Si vous vous sentez surmené ou irrationnellement anxieux, c'est le meilleur stabilisateur qui soit. Elle absorbe les énergies négatives (veillez à la purifier régulièrement) et favorise la maîtrise de soi. On l'appelle parfois « la pierre du stress » en raison de sa capacité à dissiper les inquiétudes, ou « la pierre des avocats », car elle est particulièrement utile aux personnes qui recherchent la justice et sont confrontées à des questions juridiques. Les énergies de centrage de l'hématite équilibrent les chakras, améliorent la concentration et la clarté d'esprit. Elle serait utile pour soigner les affections sanguines, notamment les problèmes de tension, l'anémie et les saignements menstruels trop abondants.

Note: le mot « hématite » vient du grec *haima* qui signifie « sang », probablement en raison des lignes rouges qui ornent certaines variétés. C'est l'un des minéraux les plus courants. Il possède des propriétés magnétiques qui sont renforcées quand la pierre est chauffée.

UTILISATION:

Pour soi: tenez-la dans votre poche pour ressentir une énergie d'ancrage, surtout lorsque vous vous sentez dépassé.

Pour la maison: maintient l'équilibre du foyer.

Pour le bureau: aide à traiter des contrats ou des questions d'ordre légal.

TOPAZE IMPÉRIALE

Recharge + Charisme + Manifestation

Couleur : jaune

Chakra : Plexus solaire

Principaux gisements : Brésil, Allemagne, Russie

En quoi est-il magique ? La topaze impériale accroît l'énergie, dynamise et inspire. C'est une pierre d'attraction qui favorise les relations et les opportunités, du moment que vos intentions sont bonnes. Même si elle porte chance (succès, notoriété, richesse), elle vous aidera toutefois à ne pas perdre de vue vos principes et vos idéaux. Elle possède une énergie subtile qui invite à la sincérité et à la générosité. La topaze impériale inspire également la créativité et un sentiment d'abondance. Elle aiderait à recharger le corps, en soulageant l'épuisement et la fatigue.

Note : dans l'Égypte ancienne, la topaze impériale était associée au rayonnement de Ra, le dieu du soleil. Les Égyptiens l'utilisaient pour se sentir protégés et en sécurité.

UTILISATION :

Pour soi : méditez en tenant une topaze impériale pour entretenir votre optimisme.

Pour la maison : apporte une énergie chaleureuse et un sentiment de protection.

Pour le bureau : favorise la prospérité au travail tout en faisant en sorte que les autres n'envient pas votre succès.

ŒIL-DE-TIGRE

Protection + Prospérité + Équilibre

Couleurs : marron + or

Chakras : Racine + Sacré + Plexus solaire

Principaux gisements : Afrique du Sud, Thaïlande

En quoi est-il magique ?
L'œil-de-tigre procure un équilibre guérisseur. Il renferme à la fois l'énergie du soleil (sa teinte dorée) et celle de la terre (sa teinte brune), les énergies masculine et féminine, et équilibre le yin et le yang. Cette pierre vous donne de l'énergie quand vous êtes épuisé et vous apaise lorsque vous êtes surexcité. Elle stabilise les émotions et apporte un ancrage. Dans l'Antiquité, on l'utilisait contre le mauvais œil. Elle forme un bouclier protecteur contre les énergies négatives, ou les attaques physiques et émotionnelles. Porte-bonheur, elle attire la prospérité, en particulier si vous exercez un métier qui touche à l'argent ou si vous devez prendre des décisions financières. L'œil-de-tigre favorise l'équilibre des différents systèmes du corps, et optimise le bien-être en général.

Note : l'œil-de-tigre est constitué de quartz qui se forme autour de la crocidolite, dissolvant le minéral fibreux et créant un effet chatoyant sur différentes couches. Sa couleur brune provient des oxydes et hydroxydes de fer de crocidolite.

UTILISATION :

Pour soi : portez sur vous un œil-de-tigre pour éviter vos sautes d'humeur.

Pour la maison : maintient l'équilibre du foyer en période de transition.

Pour le bureau : attire de nouveaux marchés et aide à gérer les finances.

PYRITE

Énergie masculine + Émancipation + Protection

Couleur: métallisée

Chakras: Sacré + Plexus solaire

Principaux gisements: Pérou, Espagne, États-Unis

En quoi est-il magique?
Écran contre les énergies négatives, la pyrite protège et propulse. Elle vous donnera envie de connaître votre vrai potentiel et de travailler à sa réalisation. Réputée pour renforcer la volonté, ce minéral stimulant ouvre la voie pour attirer le succès et la prospérité. Il accroît l'énergie yang (masculine) tout en stimulant la confiance et la revitalisation. La pyrite émet des ondes positives et possède un effet d'ancrage puissant. Elle parvient à centrer les esprits désordonnés et irréfléchis, et à transformer l'apathie en motivation. L'énergie qu'elle dégage est particulièrement encourageante et inspirante. Les guérisseurs considèrent qu'elle protège contre les rhumes, la grippe et autres maladies contagieuses.

Note: « pyrite » vient du grec *pyr* qui signifie « feu ». Elle tient ce nom des étincelles qui apparaissent lorsqu'on la frappe contre une autre pierre ou de l'acier. Elle est aussi surnommée « l'or des fous » en raison de ses reflets métallisés.

UTILISATION :

Pour soi: tenez un morceau de pyrite à la fin d'une séance de méditation pour ancrer l'énergie dans votre corps.

Pour la maison: centre les énergies dans un foyer désordonné.

Pour le bureau: énergise un espace de travail, inspire de nouvelles idées et solutions.

QUARTZ FUMÉ

Ancrage + Pragmatisme + Pensées positives

Couleurs : gris + brun

Chakras : Terre + Racine + Plexus solaire

Principaux gisements : Brésil, Madagascar

En quoi est-il magique ? Le quartz fumé est un antidépresseur sous forme de cristal. Il soulage l'anxiété et le stress par son pouvoir calmant, et transforme l'énergie négative en énergie positive. Cette pierre terrestre possède un effet de centrage puissant qui favorise la concentration pendant la méditation. Dynamisante, elle donne à la personne qui la porte un regain d'énergie grâce à sa capacité à encourager les pensées positives. Vous pouvez l'utiliser pour dissiper d'anciens blocages émotionnels, et identifier les moyens d'atteindre vos objectifs et vos désirs. Le quartz fumé absorbe la peur de l'échec et vous permet d'aller de l'avant, sans relâche. Les guérisseurs l'utilisent pour apaiser le système nerveux et soulager les maux de tête. Il préviendrait aussi les cauchemars.

Note : les irradiations naturelles d'impuretés d'aluminium donnent au quartz fumé ses teintes brunes et grisâtres.

UTILISATION :

Pour soi : si vous vous sentez dépassé ou distrait, méditez en tenant un quartz fumé pour vous ancrer profondément.

Pour la maison : soulage du stress du quotidien et de la négativité pendant votre sommeil. Placez-le sur votre table de chevet.

Pour le bureau : absorbe la pollution électromagnétique s'il est placé à côté d'un ordinateur ou d'un téléphone.

JASPE MOKAÏTE

Flexibilité + Vitalité + Protection

Couleurs : jaune + marron + rouge + crème

Chakras : Racine + Sacré + Plexus solaire

Principaux gisements : Australie

En quoi est-il magique ?
Le jaspe mokaïte joue le rôle d'un coach personnel. Il boostera votre confiance et vous aidera à œuvrer pour réaliser pleinement votre potentiel. Cette roche terrestre donne envie de sortir de la routine, tout en offrant le soutien nécessaire pour faire face à l'inattendu. Si vous vous sentez prisonnier d'idées arrêtées et de vieilles habitudes, le jaspe mokaïte vous aidera à vous en débarrasser, car il favorise la flexibilité et libère de l'anxiété. Cette pierre d'ancrage et de protection apporte force et vitalité, et crée un bouclier énergétique sécurisant. Ses vertus équilibrantes améliorent la santé en général. Le jaspe mokaïte renforcerait le système immunitaire.

Note : cette opale particulière est un radiolaire calcédonieux (roche contenant des restes microscopiques de protozoaires) originaire de Mooka Creek, en Australie. *Mooka* est un mot aborigène qui signifie « eaux vives ».

UTILISATION :

Pour soi : conservez un jaspe mokaïte dans votre poche pour vaincre vos peurs quand vous sortez de votre zone de confort.

Pour la maison : aide à reconstituer un environnement familier après un déménagement ou des travaux.

Pour le bureau : révèle la cause de la procrastination et accroît la motivation.

CALCITE JAUNE

Confiance + Optimisme + Purification

Couleur : jaune

Chakras : Sacré + Plexus solaire

Principaux gisements : Brésil, Pérou

En quoi est-il magique ?
La calcite jaune a la double capacité de calmer et de revitaliser. Elle peut balayer les énergies négatives d'un lieu et éclaircir l'esprit en faisant taire le brouhaha mental. Ses vibrations douces et ensoleillées inspirent espoir et optimisme, et transforment les humeurs anxieuses ou cyniques. La calcite jaune nettoie en douceur les énergies épuisées pour éveiller l'âme à de nouvelles idées et façons d'être. Cette pierre chaude est aussi bénéfique pour l'intellect : elle améliore l'efficacité et favorise l'apprentissage en stimulant la mémoire et le traitement des informations. C'est un excellent support pour la méditation, puisqu'elle invite au calme et ouvre à la guidance divine. Les guérisseurs considèrent qu'elle peut apaiser le système digestif.

Note : la calcite est un carbonate de calcium transparent. Souvent, elle contient des impuretés qui lui confèrent différentes couleurs. La calcite jaune peut être translucide à opaque et sa teinte varie du jaune pâle au jaune citron.

UTILISATION :

Pour soi : placez une calcite jaune dans votre poche pour renforcer ou conserver un point de vue positif.

Pour la maison : nettoie les énergies négatives d'une pièce.

Pour le bureau : aide à rétablir l'ordre des priorités et à rester calme à l'approche d'échéances.

PIERRE DE SOLEIL

Chaleur + Joie + Optimisme

Couleur : orange

Chakras : Sacré + Plexus solaire

Principaux gisements : Norvège, Sibérie, États-Unis

En quoi est-il magique ?
Une pierre de soleil, c'est un petit bout de soleil. Ce minéral chaud et énergisant est l'antidépresseur des cristaux. Il est particulièrement efficace pour combattre la dépression saisonnière, car il transmet les effets du soleil pour illuminer la grisaille émotionnelle. Utilisez la pierre de soleil pour remplacer les pensées négatives par de l'optimisme, remonter le moral et engendrer des sentiments de générosité. Également connue comme la pierre du pouvoir personnel, elle aide à dire non lorsque cela est nécessaire, ainsi qu'à rompre les liens avec un partenaire excessivement possessif ou un ami qui pompe votre énergie. Elle énergise l'esprit, l'âme et le corps, et peut soulager les douleurs musculaires et articulaires.

Note : d'après les légendes scandinaves, les Vikings utilisaient cette pierre pour situer le soleil par temps couvert, mais aussi avant l'aube et après le crépuscule. Ce feldspath tient son éclat d'inclusions d'hématite.

UTILISATION :

Pour soi : placez-la sur le plexus solaire pour stimuler vos émotions.

Pour la maison : crée une atmosphère ensoleillée dans votre foyer pendant l'hiver.

Pour le bureau : donne envie de diriger et favorise une ambiance positive.

QUARTZ CITRON

Bonheur + Positivité + Abondance

Couleur : jaune

Chakras : Plexus solaire

Principaux gisements : Brésil

En quoi est-il magique ? On dirait un rayon de lumière dorée, et ses propriétés sont à l'avenant. Cette pierre jaune vif provoque un optimisme revigorant et aide à vous donner une approche positive de la vie. Si vous êtes un peu déprimé, que vous avez besoin d'un peu de peps pour éclairer votre journée, c'est un quartz citron qu'il vous faut. Associé au chakra du plexus solaire, cette pierre met de bonne humeur, procure un fort sentiment de force intérieure, donne confiance en soi et en ses capacités. Ces effets, combinés avec la sensation de bien-être général que transmet le quartz citron, vous rendront pour ainsi dire invincible, et cela ouvrira la voie à l'abondance, à la réalisation de vos objectifs, et amplifiera vos pouvoirs de manifestation.

Note : ce cristal n'est pas d'origine naturelle, mais on considère néanmoins qu'il détient des propriétés métaphysiques. Sa couleur jaune vif est obtenue par chauffage et irradiation d'un quartz.

UTILISATION :

Pour soi : gardez-en un sous la main pour un petit coup de pouce émotionnel.

Pour la maison : ravive l'énergie d'un endroit.

Pour le bureau : décuple la positivité et la confiance en soi.

ANDALOUSITE

Stabilité + Accomplissement + Mérite

Couleur : rosâtre ou rouge-brun

Chakras : Plexus solaire

Principaux gisements : Brésil, Sri Lanka

En quoi est-il magique ? L'andalousite est le grand stabilisateur. Il en émane une énergie profondément équilibrante qui vous aidera à aligner mental, corps et esprit. Si vous vous sentez patraque, débordant d'émotions ou que vos pensées tournent en rond, l'andalousite saura vous recentrer.
Et dans le même temps, elle vous aidera à comprendre comment vous avez perdu votre équilibre. En tant que pierre d'accomplissement personnel, elle vous donne accès à un point de vue éclairé, vous aidant à mieux vous comprendre, et vous permet d'avoir suffisamment confiance en vous pour modifier votre comportement et prendre pleinement possession de votre puissance personnelle.
L'andalousite vous rappellera que vous le valez bien et vous encouragera à assumer pleinement ce mérite.

Note : Son nom porte à confusion car il s'agit en fait d'un nesosubsilicate d'aluminium qui a été baptisé ainsi par Jean-Claude Delamétherie en 1798, car il pensait que le spécimen qu'il étudiait provenait d'Andalousie, alors qu'il avait été trouvé dans la région de Guadalajara, en Espagne.

UTILISATION :

Pour soi : portez une andalousite les jours où vous sentez que vos émotions menacent votre équilibre, ce sera un puissant outil de centrage.

Pour la maison : crée un environnement propice au travail sur soi et à l'authenticité.

Pour le bureau : améliore la confiance en soi et le sentiment de mérite.

CHAKRA SACRÉ

Émotions + Sexualité + Créativité

Nom sanskrit
Svadhisthana : en sanskrit, *swa* signifie « qui est à soi » et *adhisthana* signifie « endroit » ou « demeure ».

En bref : le chakra sacré est le deuxième chakra de notre système énergétique. Il se situe juste en dessous du nombril et au-dessus du plancher pelvien, au niveau du rachis lombaire et du sacrum. Alors que le chakra racine pose les bases de notre connexion physique à la terre et à nos corps, le chakra sacré constitue le fondement de notre bien-être émotionnel. Il gouverne aussi notre sexualité et notre créativité.

Le chakra sacré peut être considéré comme le centre de notre plaisir. C'est l'endroit où demeure notre passion, sous toutes ses formes.
Il correspond également à nos organes reproducteurs et gouverne notre sexualité. Au sens littéral, il représente la fertilité et la procréation. Dans un sens plus imagé, on peut se représenter cette fertilité comme une existence pleine et riche, toutes les choses de la vie qui nous font vibrer. Sur le plan idéologique, le terme « création » renvoie à bien plus que le simple fait d'avoir des descendants. *Svadhisthana* domine toutes les facettes de notre créativité : l'écriture, la cuisine, l'art, tout ce qui attise notre soif d'apprendre, de faire et de découvrir. Il est représenté par l'élément eau. Un chakra sacré sain nous met dans le flux de l'énergie et de la vie, comme si nous nous déplacions sans effort au fil d'un courant paisible. Il représente la souplesse et la liberté. Un chakra sacré équilibré se répercute sur tous les domaines de nos vies, engendre des relations saines, nourrit l'inspiration et la créativité, nous aide à rechercher et à apprécier les plaisirs physiques, sensuels et sexuels. Il fournit une base émotionnelle solide qui nous permet non seulement de vivre l'instant présent, mais aussi de l'apprécier pleinement.

ÉLÉMENT

EAU

LOCALISATION

AU-DESSUS DE L'OS DU PUBIS, SOUS LE NOMBRIL

ALIMENTS

- **FRUITS À COQUE ET GRAINES**
- **SAUMON**
- **COURGES**
- **ORANGES**

SYMBOLE

COULEUR

ORANGE

HUILES ESSENTIELLES

CARDAMOME, SAUGE SCLARÉE, NÉROLI, ORANGE DOUCE, YLANG-YLANG

SENS

GOÛT

CRISTAUX

CORNALINE, JASPE ROUGE, ŒIL-DE-TIGRE, ZINCITE

SYMPTÔMES DE DÉSÉQUILIBRE

Le déséquilibre du chakra sacré peut se manifester de diverses manières, au niveau mental et émotionnel, de même que sur le plan physique. Si notre *svadhisthana* a besoin d'attention, cela peut avoir des conséquences sur nos relations, notre vie sexuelle ainsi que sur notre créativité.

Chakra suractif: un chakra sacré suractif peut entraîner de véritables drames dans nos relations, qu'elles soient amoureuses, sexuelles ou platoniques: changements d'humeur, dépendance, jalousie, des émotions vives que l'on est incapable de maîtriser. Le sexe peut également être un problème. Nous pouvons en avoir trop envie, aux dépens d'autres types de rapports. Nos besoins physiques nous distraient et sont insatiables.

Chakra sous-actif: lorsque le chakra sacré est sous-actif, ces mêmes symptômes peuvent se manifester en sens inverse. Nous pouvons n'avoir que peu (voire pas du tout) d'appétit sexuel, avoir l'impression que la vie n'est plus source d'aucun plaisir, qu'elle n'est qu'apathie et dépression, que notre créativité est étouffée, bloquée ou tout simplement inexistante. Nous pouvons avoir des difficultés à nous exprimer créativement, authentiquement ou sexuellement, ou ressentir de la culpabilité lorsque nous le faisons. Sur le plan physique, cela peut se manifester par des problèmes de fertilité ou une dysfonction sexuelle.

SYMPTÔMES MENTAUX & ÉMOTIONNELS

Les symptômes mentaux et émotionnels d'un chakra sacré déséquilibré sont liés à ses principales aires d'influence: les émotions, la créativité et la sexualité.

- Instabilité émotionnelle
- Créativité étouffée
- Manque d'inspiration ou déconnexion du plaisir
- Baisse de libido
- Culpabilité et honte
- Codépendance
- Sensation de manque

SYMPTÔMES PHYSIQUES

Sur le plan physique, les problèmes au niveau du chakra sacré peuvent se manifester au niveau du bas du dos et du bassin, du gros intestin, de la vessie et des reins.

- Dysfonction sexuelle
- Troubles de la reproduction ou des règles
- Fatigue intense
- Douleur dans le bas du dos ou sciatique
- Troubles urinaires
- Problèmes rénaux

BIENFAITS DE L'ÉQUILIBRE

Lorsque le chakra sacré est aligné, nous avons la sensation que la vie et tous ses plaisirs s'offrent à nous. Nous avons une sensation d'abondance, l'impression que notre coupe déborde. Nous nous réjouissons des petits plaisirs du quotidien et accueillons le monde avec curiosité et allégresse. Nous avons conscience de ce qui nous anime et nous nous sentons libres de le rechercher avec enthousiasme, puis nous nous sentons nourris en profondeur par le plaisir que cela nous procure. Nous avons de l'inspiration pour créer, dans tous les domaines, et nous sentons suffisamment en sécurité pour le faire.

Un état de flux: lorsque l'on prend soin du chakra sacré, cela influe positivement sur nos relations. Nous ressentons une connexion plus solide et saine avec nos amis et nos partenaires. Nous sommes sûrs de nous dans notre manière d'interagir avec nos proches et de prendre soin d'eux, et n'avons plus peur de l'intimité émotionnelle. Il se peut aussi que nous nous sentions plus sensuels, que nous appréciions plus librement les plaisirs que procure notre corps, sans aucune honte. Nos relations sexuelles deviennent elles aussi plus saines, nous sommes libérés de tout sentiment de culpabilité ou d'obligation. Et, comme nous nous sentons en droit de ressentir ce que nous ressentons, nous nous sentons en équilibre, comme sortis du grand huit émotionnel épuisant avec ses hauts et ses bas. Une passion inébranlable imprègne notre existence, insufflant un sentiment de présence et de joie immense dans chacune de nos expériences de vie.

SVADHISTHANA EN HARMONIE

Pour trouver l'équilibre du chakra sacré, il faut que le chakra racine soit lui-même équilibré. Le fait d'être ancré agit comme un tremplin pour vivre pleinement sa vie.

- Adaptabilité
- Sentiment d'abondance
- Joie
- Créativité
- Passion
- Intimité
- Plaisir
- Curiosité
- Rires et entrain

AFFIRMATION DU CHAKRA SACRÉ : « JE SENS »

L'affirmation liée au chakra sacré est « je sens », qui puise directement dans le plaisir et la passion de ce centre énergétique. C'est l'endroit où naissent nos émotions, ce grâce à quoi nous nous adonnons aux plaisirs de la vie.

CRISTAUX

Les cristaux associés à *svadhisthana* peuvent offrir de merveilleux regains d'énergie, qui favorisent la circulation de la créativité et de la passion. Les pierres qui possèdent le pouvoir de nous vivifier ont souvent la couleur des flammes. Toutes les pierres présentées ici sont associées au chakra sacré, mais chacune porte sur une aire de guérison différente, avec des variations énergétiques subtiles.

CORNALINE

La cornaline est la pierre de la passion. Rouge comme le feu, elle émet des vibrations envoûtantes et agit comme une motivatrice puissante. Elle est particulièrement utile pour booster la créativité, ce qui en fait la pierre idéale si vous vous sentez bloqué sur une idée ou que vous manquez d'inspiration. Son énergie apporte une confiance très utile.
À vous de jouer: si vous souhaitez vous sentir purifié, équilibré et ouvert, allongez-vous et placez une cornaline polie sur votre chakra sacré (en haut du sacrum si vous êtes allongé sur le ventre, ou juste en dessous du nombril si vous êtes sur le dos). Méditez ainsi pendant quelques minutes.

JASPE ROUGE

Cette pierre au pouvoir profond d'ancrage réveille l'énergie et la créativité, et vous fera voir la joie présente dans votre vie. Elle peut aussi éveiller votre sensualité, booster votre libido ou vous aider à établir une relation plus saine avec votre partenaire au niveau sexuel.
À vous de jouer: pour amplifier les effets d'un bain pour le chakra sacré, placez un jaspe rouge dans l'eau avant de plonger dedans.

ŒIL-DE-TIGRE

Ses propriétés équilibrantes considérables favorisent l'alignement du chakra sacré, qu'il soit sous-actif ou suractif. Il possède un pouvoir d'ancrage, mais il est aussi adapté à *svadhisthana* car il fait des miracles sur les émotions.
À vous de jouer: si vous sentez que vos émotions sont hors de contrôle, méditez en plaçant un œil-de-tigre près de vous.

ZINCITE

Cette pierre rouge orangé ressemble à un morceau de passion pure. Si votre vie vous semble fade et sans intérêt, la zincite peut vous aider à raviver votre énergie et votre intérêt pour ses différents aspects (travail, arts, relations, vous-même). C'est aussi une puissante génératrice de manifestations. Elle purifie l'énergie afin de vous laisser vous connecter à votre vous authentique et convoquer l'abondance que vous recherchez.
À vous de jouer: prenez un morceau de zincite dans votre main lorsque vous répétez vos affirmations afin de renforcer votre pouvoir de manifestation. Vous pouvez aussi le placer sur votre chakra sacré pendant que vous effectuez votre méditation.

Dans le sens des aiguilles d'une montre en partant du haut : cornaline, zincite, jaspe rouge, œil-de-tigre

PIERRE DE SANG

Purification + Protection + Courage

Couleurs : vert foncé + rouge

Chakras : Terre supérieure + Terre + Racine + Sacré

Principaux gisements : Brésil, Inde, Madagascar

En quoi est-il magique ?
La pierre de sang est un détoxifiant puissant qui purifie à la fois le corps physique et le corps émotionnel. Sans doute en raison du mythe qui l'entoure (voir note ci-dessous), elle est connue comme la pierre du courage et du sacrifice. Elle vous donnera la détermination et la force nécessaire pour faire face à un défi. La pierre de sang permet un ancrage très profond. Elle possède une facette mystique rapprochant les mondes afin que votre moi spirituel et votre moi supérieur puissent se manifester dans votre quotidien. Cette pierre protectrice peut être incroyablement revitalisante en cas d'épuisement mental, émotionnel ou physique. Elle stimulerait l'immunité et serait bienfaisante en cas de maladie sanguine.

Note : la pierre de sang, aussi appelée « héliotrope », est une calcédoine verte avec des taches rouges dues à l'oxyde de fer. Elle se serait formée lors de la crucifixion du Christ, lorsque des gouttes de son sang sont tombées sur des jaspes verts.

UTILISATION :

Pour soi : si vous vous sentez accablé, utilisez la pierre de sang pour vous recharger et accéder à la sagesse dont vous avez besoin pour vous défendre.

Pour la maison : protège, revitalise et ancre l'énergie d'un lieu.

Pour le bureau : entretient la créativité par ses propriétés énergisantes et d'ancrage.

ARAGONITE

Générosité + Centrage + Préservation

Couleurs : orange + marron

Chakras : Racine + Sacré

Principaux gisements : Autriche, Maroc, Espagne

En quoi est-il magique ?
Pierre d'ancrage chargée d'énergie terrestre, l'aragonite favorise une connexion étroite à la planète. Elle donne envie d'apprécier la nature et de protéger l'environnement. Si vous avez souvent la tête dans les nuages, l'aragonite vous aidera à revenir doucement sur terre. Ce minéral révèle la réalité d'une situation ou d'une relation, permettant ainsi de la comprendre et de l'accepter. Elle dissipe le brouillard mental et favorise la concentration. Elle accroît la patience, et aide à focaliser ses pensées et ses émotions. L'aragonite stimule aussi l'énergie physique et émotionnelle. Elle apaiserait le système nerveux, l'agitation, les tressaillements et les spasmes.

Note : découverte à Molina de Aragón, en Espagne, l'aragonite est un carbonate de calcium. Des inclusions de sable lui confèrent sa teinte brune. Composant du corail et de la perle, l'aragonite donne à la coquille de l'ormeau son iridescence.

UTILISATION :

Pour soi : tenez une aragonite avant de méditer pour bénéficier de son énergie d'ancrage et vous installer dans votre corps.

Pour la maison : fait prendre conscience de la manière dont on abuse de la Terre, encourage la protection de l'environnement.

Pour le bureau : aide à se concentrer lorsqu'on est dispersé ou fatigué.

ZINCITE

Énergie + Créativité + Manifestation

Couleurs : jaune + orange + rouge

Chakras : Racine + Sacré

Principaux gisements : États-Unis

En quoi est-il magique ?
La zincite est une excellente stimulatrice. Elle vous aidera à sortir de votre léthargie, à recharger votre énergie et à raviver votre passion pour la vie, un partenaire ou un projet. Elle possède une puissance d'ancrage associée aux chakras inférieurs. Elle encourage la créativité et donne le sentiment de détenir un pouvoir personnel profond. Elle améliorera votre intuition et purifiera votre énergie afin que vous puissiez vous connecter à vos instincts. C'est un minéral de manifestation puissant qui apporte l'abondance et la prospérité. La zincite stimulerait le métabolisme et aiderait le corps à absorber les nutriments. Elle serait bénéfique pour les ongles, les cheveux et la peau.

Note : la zincite pure (oxyde de zinc sous forme minérale) est incolore. Sa teinte rouge-orangé vient de la présence d'impuretés d'oxyde de manganèse.

UTILISATION :

Pour soi : utilisez la zincite lorsque vous faites des visualisations pour accentuer leur pouvoir de manifestation.

Pour la maison : purifie les énergies stagnantes d'un environnement.

Pour le bureau : dissipe les blocages créatifs.

CORNALINE

Créativité + Courage + Confiance

Couleur : rouge-orangé

Chakras : Racine + Sacré

Principaux gisements : Brésil, Allemagne, Inde

En quoi est-il magique ?
La cornaline est une pierre énergisante, un motivateur enthousiaste qui étouffe les doutes afin d'ouvrir la voie avec détermination.
Elle est connue pour être la pierre des chanteurs, car elle éclaircit la voix. Si vous êtes un artiste, elle soulagera votre trac et vous aidera à être vous-même sur scène. Elle est bénéfique pour toutes les personnes évoluant dans le milieu de l'art, car elle a le pouvoir de stimuler la créativité.
Son apparence ardente reflète ses propriétés émotionnelles : utilisez-la pour équilibrer le chakra sacré qui décuplera votre passion et votre énergie, et renforcera votre sentiment d'identité et votre capacité à vous exprimer. La cornaline améliore la circulation sanguine, et elle soulagerait aussi les symptômes du syndrome prémenstruel (SPM) et de la ménopause.

Note : le nom « cornaline » viendrait de la cornouille, le fruit de couleur rouge du cornouiller. Ce sont les impuretés de l'oxyde de fer qui lui confèrent sa teinte.

UTILISATION :

Pour soi : emportez-la avec vous pour renforcer votre confiance en vous.

Pour la maison : ravive la passion et intensifie l'amour lorsque la pierre est placée dans la chambre.

Pour le bureau : limite l'indécision et la procrastination pour améliorer la productivité.

JASPE ROUGE

Passion + Clairvoyance + Stimulation

Couleur : rouge

Chakras : Racine + Sacré

Principaux gisements : Allemagne, Inde, États-Unis

En quoi est-il magique ? Le jaspe rouge génère doucement mais efficacement la force vitale. Il dynamise et recharge les réserves énergétiques épuisées. Minéral protecteur, il éloigne les menaces physiques et mentales. Cette pierre d'ancrage instaure une connexion profonde à la terre et apporte de la stabilité en période de chaos. Excellente pierre pour les créatifs, elle inspire des idées nouvelles et ravive l'intérêt pour des tâches en cours. Elle renforce l'endurance et la vitalité. Elle attise les flammes de la passion sexuelle. Son énergie stimulante dissipe la fatigue mentale et rappelle que la vie est belle. Le jaspe rouge faciliterait la circulation sanguine, et serait bénéfique pour les femmes enceintes dont il réduit les pertes de sang après l'accouchement.

Note : le jaspe est composé de calcédoine combinée à d'autres minéraux et des inclusions de fer qui lui donnent sa couleur rouge. Certaines cultures amérindiennes y voient le sang de la Terre. Le mot « jaspe », signifiant « pierre tachetée », vient de l'ancien français, du grec et du latin.

UTILISATION :

Pour soi : tenez un jaspe rouge pour renouveler votre énergie ou votre créativité.

Pour la maison : ravive une passion ou améliore la compatibilité sexuelle lorsqu'il est placé dans la chambre.

Pour le bureau : renforce la productivité et favorise l'harmonie.

MÉNALITE

Énergie féminine + Sagesse + Confort

Couleurs : blanc + crème + gris

Chakra : Sacré

Principaux gisements : Canada, Maroc

En quoi est-il magique ?
La ménalite vibre d'une énergie féminine. Cette substance riche en calcium est surnommée « la déesse des pierres » car elle nous connecte au divin féminin. Son énergie d'ancrage puissante nous connecte aussi intimement à la Terre nourricière. Les Amérindiens utilisent depuis longtemps cette « pierre féerique » comme symbole de chance.
Elle est précieuse en période de transition, surtout pour les femmes qu'elle aide à traverser les cycles de la vie et les changements qui les accompagnent (adolescence, maternité, ménopause).
Elle en soulagerait les symptômes, en atténuant les déséquilibres hormonaux et en favorisant la fertilité et la lactation.

Note : la ménalite est une concrétion, un mélange de ciment minéral formé dans les poches de dépôts au fond des lacs lors du recul des glaciers. Elle devrait son nom au quartier de Ménilmontant, à Paris, où elle a été décrite pour la première fois.

UTILISATION :

Pour soi : gardez une ménalite près de vous lors de changements importants dans votre vie, pour un soutien émotionnel et physique.

Pour la maison : crée un espace sûr et réconfortant.

Pour le bureau : donne une sensation d'ancrage dans un environnement chaotique ou stressant.

GRENAT

Passion + Énergie + Sexualité

Couleur : rouge

Chakras : Sacré + Plexus solaire

Principaux gisements : Inde, Sri Lanka, États-Unis

En quoi est-il magique ? Le grenat est une pierre précieuse recherchée depuis des millénaires, à la fois comme talisman qui prodigue lumière et protection et comme gemme qui apporte son éclat aux bijoux artisanaux. Et non sans raison : ce cristal flamboyant déborde de passion et sait susciter l'excitation et débrider la créativité. Il stimule le chakra sacré, qui a la capacité de relancer votre imagination comme votre sexualité. Le grenat peut établir un dialogue riche avec votre corps, tout en vous procurant un sentiment de sécurité, établissant ainsi des bases saines pour qu'une sensualité puisse s'épanouir. Ce cristal donne aussi de l'énergie, et la fait circuler dans tout votre corps.

Note : on trouve en fait des grenats de toutes les couleurs, bien que le rouge soit la plus courante, et qui a sûrement inspiré son nom, qui vient de gernet, qui signifiait rouge foncé en moyen anglais. Ce mot a aussi des racines latines, provenant de granum, graine, peut-être à cause de la ressemblance de ce cristal avec les graines rouges et brillantes de la grenade.

UTILISATION :

Pour soi : si vous trouvez que votre moral a besoin d'un petit remontant, méditez avec un morceau de grenat et laissez ses vibrations vous dynamiser.

Pour la maison : posez un grenat sur votre table de nuit pour faire entrer passion et étincelles dans la chambre à coucher.

Pour le bureau : stimule la créativité et inspire un grand engouement pour le travail qui vous tient vraiment à cœur.

JASPE BOURDON

(BUMBLEBEE)

Énergie + Authenticité + Connexion

Couleur : noir, orange + jaune

Chakras : Sacré + Plexus solaire

Principaux gisements : Indonésie

En quoi est-il magique ? Ce cristal réjouissant bourdonne d'une énergie vibratoire. Le jaspe bourdon communique une aura de bonheur et de contentement. Les bourdons connaissent le rôle vital qu'ils ont à jouer dans leur communauté et leur écosystème, et le tiennent avec zèle et application. De même, cette pierre mobilise le chakra du plexus solaire et le chakra sacré, renforçant le sentiment d'identité et la sensation de puissance que procure l'authenticité. Travailler avec ce cristal vous révélera que nous sommes tous connectés, chacun affectant l'univers par sa propre mission.

Note : cette pierre n'est pas un jaspe à proprement parler, car elle ne contient pas de quartz, mais se compose surtout de calcite. Les rayures jaunes et orange sont dues au réalgar, un sulfure d'arsenic, et les noires à la pyrite. Malgré la présence d'arsenic, ce cristal est sans danger du moment que vous ne vous essayez pas à le découper ou polir par vous-même.

UTILISATION :

Pour soi : maintenez un morceau de jaspe bourdon sur votre ventre lorsque vous méditez pour ressentir son énergie vibratoire dans vos chakras inférieurs.

Pour la maison : chasse l'atmosphère stagnante d'un lieu pour y substituer une énergie nouvelle et optimisme.

Pour le bureau : le jaspe bourdon peut aider à clarifier votre rôle dans un organisme et vous donner la motivation nécessaire pour accéder au succès.

CHAKRA RACINE

Stabilité + Survie + Sécurité

Nom sanskrit
Muladhara : *Mula* signifie « racine » et *adhara* « soutenir ».

En bref : le chakra racine est le chakra de notre système énergétique qui se situe le plus bas. C'est le premier des chakras physiques, celui qui nous ancre dans notre existence terrestre. Situé à la base de la colonne vertébrale, il agit comme une base énergétique, ce qui explique pourquoi tout travail sur les chakras doit commencer par là. Un chakra racine sain et équilibré crée les fondations nécessaires pour aligner et ouvrir les chakras situés au-dessus. Personne ne construirait une maison sur des sables mouvants. De même, il convient de ne pas essayer d'équilibrer les chakras supérieurs avant d'avoir purifié le chakra de base et d'y être connecté Représentez-vous votre système énergétique comme un arbre : comme son nom l'indique, le chakra racine est l'équivalent des racines profondes et robustes qui permettent à un arbre magnifique de pousser et s'épanouir. Prendre soin de son chakra racine crée une base énergétique solide, ce qui permet ensuite d'équilibrer notre système dans son ensemble.

Le chakra racine, ou chakra de la base, est le chakra de la sécurité et de la stabilité. Il est lié à nos besoins fondamentaux (alimentation, eau, abri). Sur le plan émotionnel, il entretient notre sentiment d'appartenance. Étant l'un des trois chakras physiques, il a aussi une influence sur la manière dont nous nous sentons dans notre corps et la manière dont notre corps se sent sur la planète. Il gouverne notre connexion au sol sur lequel nous marchons ainsi que notre connexion à notre famille, de sang et de cœur.

C'est l'énergie qui nous ancre dans notre système de sécurité et de soutien. Notre assurance, notre confiance, nos sentiments de sécurité et d'appartenance sont tous liés à *muladhara*. Un chakra racine sain procure une bonne stabilité, un sentiment de sécurité physique et affective et nous aide à nous sentir connectés à la nature, à nous-mêmes et aux autres. C'est une force qui nous ancre, nous unit à la terre afin que nous puissions grandir et que notre âme puisse s'élever.

ÉLÉMENT

TERRE

LOCALISATION
BASE DE LA COLONNE VERTÉBRALE, PLANCHER PELVIEN

ALIMENTS
- **LÉGUMINEUSES**
- **FRUITS À COQUE**
- **LÉGUMES RACINES**
- **FRUITS ROUGES**

SYMBOLE

COULEUR
ROUGE

SENS
ODORAT

HUILES ESSENTIELLES
QUATRE-ÉPICES, POIVRE NOIR, BOIS DE CÈDRE, BOIS DE SANTAL, VÉTIVER

CRISTAUX
HÉMATITE, JASPE ROUGE, QUARTZ FUMÉ, TOURMALINE NOIRE, ARAGONITE

SYMPTÔMES DE DÉSÉQUILIBRE

Un déséquilibre du chakra racine nous affecte mentalement et physiquement. Véritable base énergétique, ce chakra est fondamental et ses effets se ressentent dans tout notre être.

Chakra racine suractif. Si l'on se représente *muladhara* comme un système racinaire, on comprend facilement les problèmes pouvant survenir. Un chakra racine suractif peut créer de la stagnation, une résistance néfaste au changement. Cela peut se manifester par un surattachement au monde physique et aux biens matériels ou un goût excessif et malsain pour la nourriture et le sexe.

Chakra racine sous-actif. Lorsque le chakra racine est sous-actif, cela peut entraîner une exacerbation des sentiments de peur et d'insécurité. Il se peut que l'on se sente déconnecté de la terre mais aussi des personnes qui nous entourent. Cela accroît l'anxiété, empêche l'esprit de se reposer et entraîne une sensation de manque et de la nervosité. Nous pouvons perdre notre soif de vivre ou ressentir de la monotonie dans nos interactions avec le monde. Nous pouvons aussi avoir la sensation d'être dans le brouillard, incapables de prioriser les choses, de penser clairement et de prendre des décisions.

SYMPTÔMES MENTAUX & ÉMOTIONNELS

Les symptômes mentaux et émotionnels ressentis en cas de déséquilibre du chakra racine sont tous liés au sentiment de manque de sécurité et d'appartenance.

- Faible estime de soi
- Pessimisme ou pensées limitantes
- Anxiété ou nervosité accrues
- Agitation
- Léthargie et apathie
- Irritabilité et colère injustifiée
- Incapacité à se concentrer
- Inflexibilité

SYMPTÔMES PHYSIQUES

Les problèmes au niveau du chakra racine se manifestent généralement physiquement au niveau du bas du dos, des jambes et des pieds, du gros intestin, de la vessie et des reins.

- Troubles alimentaires, compulsions ou pertes d'appétit
- Douleurs dans le bas du dos
- Douleurs dans les jambes ou les pieds
- Problèmes de transit, constipation ou incontinence
- Prise ou perte de poids
- Baisse de l'immunité

BIENFAITS DE L'ÉQUILIBRE

Lorsque le chakra racine est aligné, nous ressentons un merveilleux sentiment d'appartenance. Nous savons que nous sommes aimés et n'avons pas peur que nos besoins vitaux ne soient pas satisfaits. Nous nous sentons ancrés dans notre corps et connectés à la terre, nous apprécions sa beauté et nous lui sommes reconnaissants pour tout ce qu'elle nous apporte. Nos racines étant saines, nous supportons facilement le changement et traversons les conflits sans être ébranlés. Avec un chakra racine équilibré, nous sommes capables de relever les défis avec beaucoup de souplesse.

Un état de flux. Lorsque nous nous occupons de notre chakra racine, nous mangeons mieux. Nous dormons mieux. Nous sommes solidaires et nous nous sentons soutenus par notre famille et notre communauté. Un chakra racine équilibré et ouvert accroît notre soif de vivre, rallume la passion là où notre engagement s'était affaibli. Il renforce nos sentiments d'amour et de connexion. Il nous permet de prendre conscience de notre valeur et de traverser la vie avec une détermination constante. L'élément associé au chakra racine étant la terre, son énergie fait que nous nous sentons bien dans la nature, profondément connectés à la terre et aux créatures qui la peuplent. Il nous fait savoir que nous sommes au bon endroit et que tous nos besoins seront comblés.

MULADHARA EN HARMONIE

Un chakra racine équilibré apporte toutes les richesses énergétiques d'un système racinaire prospère, sain et entretenu.

- Stabilité
- Sécurité
- Ancrage
- Confiance
- Passion
- Connexion
- Clarté
- Calme
- Estime de soi

AFFIRMATION DU CHAKRA RACINE : « JE SUIS »

Chaque chakra est associé à une affirmation précise, en lien avec ce que le centre énergétique concerné représente. Pour le chakra racine, il s'agit de « je suis ». Elle fait référence à la réalité physique de muladhara : je suis ici, je suis vivant je suis en sécurité, je suis.

CRISTAUX

Les cristaux associés à *muladhara* offrent un ancrage profond et réverbèrent l'énergie de la terre. Les pierres qui possèdent cette capacité d'ancrage et de stabilisation sont souvent de couleur rouge ou noire. Toutes les pierres présentées ici sont associées au chakra racine, mais chacune porte sur une aire de guérison différente, avec des variations énergétiques subtiles.

HÉMATITE

Cette pierre de la stabilité par excellence favorise le centrage, elle nous ancre dans notre corps et connecte nos pieds à la terre. Particulièrement utile en cas de chakra racine sous-actif, elle contribue à apaiser l'anxiété irrationnelle et l'inquiétude excessive. Elle offre un sentiment de sécurité et de sûreté, qui renforce le chakra racine lorsque celui-ci est équilibré.
À vous de jouer: pour un effet de purification, d'équilibrage et d'ouverture, allongez-vous et posez une hématite sur votre chakra racine (à la base de la colonne vertébrale si vous êtes allongé sur le ventre, ou juste au-dessus du pubis si vous êtes sur le dos). Restez ainsi pendant quelques minutes.

QUARTZ FUMÉ

Il fait des merveilles lorsque le déséquilibre du chakra racine se manifeste par des pensées négatives. Son énergie de centrage vous aidera à vous ancrer tout en vous apportant du calme et un regain d'énergie. Si vous avez tendance à craindre le changement, le quartz fumé peut vous aider à dépasser ces blocages.
À vous de jouer: posez un morceau de quartz fumé sur votre table de chevet pour apporter un souffle positif à vos journées.

TOURMALINE NOIRE

Incroyablement protectrice, elle repousse et dissout les énergies négatives pour créer plus de place pour la positivité, à l'intérieur comme à l'extérieur du corps. Elle peut aider à dissoudre les blocages du chakra racine et stimuler votre sentiment de connexion à la terre, grâce à sa force de centrage. Elle favorise l'équilibre, ce qui met en place des bases solides pour aligner les chakras.
À vous de jouer: placez un morceau de tourmaline noire sur votre bureau (ou à l'endroit où vous passez la majorité de votre temps) pour créer un lieu sûr et stable.

ARAGONITE

Si vous ressentez une agitation qui vous accable, cette pierre pourra vous soulager. Puissante, elle vous ancrera délicatement grâce à l'énergie terrestre qu'elle véhicule. Elle vous aidera à vous connecter physiquement à la beauté et aux splendeurs de la nature, tout en vous renvoyant mentalement et émotionnellement vers la terre.
À vous de jouer: tenez un morceau d'aragonite dans votre main gauche tout en faisant une méditation.

Dans le sens des aiguilles d'une montre en partant du haut : tourmaline noire, quartz fumé, hématite, aragonite.

ONYX NOIR

Stabilité + Force + Productivité

Couleur : noir

Chakras : Terre supérieure + Terre + Racine

Principaux gisements : Chine, Inde

En quoi est-il magique ? L'onyx noir cristallise la force émotionnelle et physique. Il renforce les sentiments de confiance en soi et de courage. C'est aussi une pierre de stabilité qui ancre profondément, surtout en période de transition. Si vous portez un fardeau émotionnel ancien, l'onyx noir peut vous aider à vous libérer de votre peine. De plus, il a le pouvoir d'équilibrer les énergies contraires : l'agressivité et l'intensité sont canalisées pour le bien général, et transformées en motivation pour vous permettre de réaliser vos objectifs. Ce minéral sombre accroît l'autodiscipline et la volonté. C'est un protecteur puissant qui repousse les pensées négatives. Les guérisseurs considèrent qu'il améliore l'endurance et vous aide à vous remettre d'une maladie ou d'un état d'épuisement.

Note : l'onyx noir est une forme de calcédoine. Il est parfois orné de bandes blanches parallèles, comme une agate.

UTILISATION :

Pour soi : si vous vous sentez imprudent ou incontrôlable, travaillez avec l'onyx noir pour vous recentrer et vous éclaircir les idées.

Pour la maison : protège votre intérieur, surtout une fois la nuit tombée.

Pour le bureau : améliore la concentration et la capacité à mener plusieurs tâches de front.

OBSIDIENNE

Clarté + Protection + Maîtrise de soi

Couleur: noir

Chakras: Terre supérieure + Terre + Racine

Principaux gisements: Argentine, Grèce, Nouvelle-Zélande

En quoi est-il magique? L'obsidienne fait surgir la vérité. Elle expose votre moi profond, dévoile le passé et vous pousse vers un état plus positif. Elle peut révéler des traumatismes et des supercheries, vous soutenir dans des moments difficiles ou des défis, tout en vous rappelant que la lumière vous attend au bout du chemin. L'obsidienne est une pierre protectrice qui peut nettoyer efficacement les énergies négatives, c'est pourquoi il faut veiller à la purifier régulièrement. Elle fait taire le brouhaha mental et l'indécision. Cette pierre d'ancrage foncée apporte par ailleurs la force et la maîtrise de soi.
Elle aiderait à détoxifier le corps, faciliterait la digestion et soulagerait les douleurs.

Note: verre d'origine volcanique, l'obsidienne se forme lorsque la lave se solidifie rapidement à la surface de la terre après une éruption.

UTILISATION:

Pour soi: posez-la sur votre table de chevet pour soulager votre stress et en comprendre les raisons.

Pour la maison: préserve les sensations positives dans un espace.

Pour le bureau: protège dans un environnement de travail hostile.

TOURMALINE NOIRE

Protection + Ancrage + Purification

Couleur: noir

Chakras: Terre supérieure + Terre + Racine

Principaux gisements: Brésil, Namibie, Pakistan

En quoi est-il magique?
La tourmaline apporte un sentiment de protection intense. Cette pierre d'ancrage absorbe et repousse les énergies négatives extérieures tout en chassant celles qui viennent de l'intérieur, pour créer un état plus positif. C'est un minéral qui purifie, dissipe les blocages énergétiques et aligne les chakras pour faciliter la circulation de l'énergie. Ses effets sur le chakra Racine vous aideront à mieux vous connecter à la terre, à votre corps physique et à votre spiritualité, vous apportant ainsi un sentiment d'équilibre agréable. La tourmaline noire neutralise la pollution électromagnétique lorsqu'elle est posée à proximité d'un ordinateur ou d'un téléphone portable. Elle stimulerait aussi la vitalité et renforcerait le système immunitaire.

Note: la tourmaline est une famille de minéraux. La tourmaline noire, ou schorl, doit sa couleur à la présence de fer. Comme elle peut véhiculer une charge électrique lorsqu'elle est chauffée ou frottée, certains la surnomment «pierre électrique».

UTILISATION:

Pour soi: si vous êtes surmené ou à fleur de peau, tenez une tourmaline noire lorsque vous méditez pour vous sentir énergisé et centré.

Pour la maison: protège une pièce contre les ondes négatives.

Pour le bureau: peut neutraliser les désaccords avec un collègue ou un supérieur.

PIERRE D'AIMANT

Attraction + Sécurité + Orientation

Couleur : noir + gris

Chakras : Racine + Plexus solaire

Principaux gisements : Australie, États-Unis

En quoi est-il magique ? Sa spécialité, comme son nom le laisse deviner, c'est le magnétisme, mais cette propriété ne se limite pas au physique. Ce minerai foncé aux accents métalliques dégage un fort pouvoir de manifestation.
Il attire le fer, mais c'est aussi de manière générale une pierre d'attraction, qui attire vers vous ce que vous désirez, qui vous aide à réaliser vos rêves. Le rôle de guide qui lui a été attribué très tôt (voir la note) se ressent dans les vibrations qu'elle émet. La pierre d'aimant vous aidera à éclairer votre voie, vous donnera la force, l'énergie et la confiance nécessaires pour vous y engager. L'ancrage qu'elle procure offre également un sentiment de sécurité, l'assurance que vous êtes compétent, protégé et que vous avancez sans difficulté.

Note : il s'agit d'une sorte de magnétite, l'un des deux minéraux naturellement magnétiques au monde. Dans l'Antiquité, on l'utilisait comme boussole, comme « pierre guide », nom qu'elle porte encore en anglais lodestone, hérité du moyen anglais.

UTILISATION :

Pour soi : prenez un morceau de pierre à aimant pour méditer, si vous ressentez le besoin de vous recentrer et de vous sentir protégé.

Pour la maison : crée un lieu d'abondance, où les choses dont vous avez besoin sont irrésistiblement attirées.

Pour le bureau : augmente la confiance et la sensation d'être guidé tout en atténuant la négativité.

SHUNGITE

Protection + Purification + Pouvoir

Couleur : noir

Chakras : Racine

Principaux gisements : Kazakhstan, République du Congo, Russie

En quoi est-il magique ? Si vous avez besoin d'une protection puissante, tournez-vous vers la shungite. Ce minéraloïde d'un noir profond contient un fort pourcentage de carbone et est recherché depuis des siècles pour ses propriétés purifiantes. La shungite vous ancrera dans le sol, vous donnant suffisamment de pouvoir et de confiance pour que vos espoirs et rêves prennent leur envol. Quand les temps sont incertains, ses profondeurs sombres procurent du réconfort et son ancrage aide à intégrer les enseignements de votre conscience supérieure dans votre vie quotidienne. C'est une pierre qui prépare le terrain pour le développement et le changement positif. Les guérisseurs croient aussi aux pouvoirs anti-inflammatoires et antioxydants de la shungite, et qu'elle protège des champs électromagnétiques.

Note : le nom de cette pierre provient de Shunga, le village de Carélie en Russie où se trouve le plus important gisement de shungite connu.

UTILISATION :

Pour soi : prenez en main une shungite si vous vous sentez submergé, elle vous aidera et calmera les pensées récurrentes.

Pour la maison : offre un sentiment de protection et d'optimisme.

Pour le bureau : posez cette pierre près de votre ordinateur pour nettoyer votre espace de travail.

CALCITE ROUGE

Concentration + Vitalité + Centrage

Couleur : rouge + orange

Chakras : Racine

Principaux gisements : Mexique

En quoi est-il magique ? La calcite rouge a une énergie à la fois stabilisante et énergisante : elle vous aidera à vous ancrer dans la terre et vous permettra de rassembler vos forces en vous appuyant sur cette fondation solide et puissante qu'est notre planète. Si vous vous sentez agité, la calcite rouge vous posera, mais si vous êtes apathique, elle vous enverra une décharge de motivation venue des profondeurs de la terre. Cette pierre de feu améliore la concentration, stimule la vitalité et procure un profond sentiment d'amour-propre et de confiance en soi. La calcite rouge peut aussi vous préparer à vous extérioriser et à vivre pleinement !
Les guérisseurs pensent que la calcite rouge est particulièrement adaptée pour les femmes : elle aide à équilibrer les hormones et facilite la grossesse et l'accouchement.

Note : les roches sédimentaires formant la croûte terrestre sont en grande partie des calcites, que l'on trouve aussi parfois dans des formations cristallines. La teinte rouge-orange de la calcite rouge vient d'inclusions d'oxyde de fer.

UTILISATION :

Pour soi : tenir un morceau de calcite rouge vous aidera à vous sentir centré.

Pour la maison : apaise le chaos et procure un sentiment d'ancrage.

Pour le bureau : améliore la productivité, l'intérêt et la concentration.

AEGIRINE

Protection + Conviction + Confiance

Couleur : noir-vert

Chakras : Racine

Principaux gisements : Canada, Norvège, Groenland

En quoi est-il magique ? L'aegirine, avec son lustre noir d'encre et sa formation cristalline en colonne, est souvent comparée à une épée sortant d'un rocher, comme la poignée de la fameuse Excalibur. Ces liens concordent aussi avec sa réputation de cristal d'intégrité. L'aegirine est une force stabilisante, qui vous aidera à retrouver votre ancrage en vous-même, à occuper l'espace que vous méritez et à accepter le rôle que l'univers a prévu pour vous. Son énergie protectrice fait l'effet d'un bouclier, vous permettant de suivre l'appel de votre cœur sans être entravé par le pessimisme ou la mauvaise volonté de ceux qui vous entourent.

Note : l'aegirine a été décrite pour la première fois par Hans Morten Thrane Esmark, minéralogiste de Norvège, en 1834. La situation du gisement en bord de mer inspira son nom, tiré d'Aegir, dieu marin scandinave.

UTILISATION :

Pour soi : l'aegirine peut vous aider lorsque vous vous sentez vulnérable, pour un sentiment de protection et un regain d'assurance.

Pour la maison : chasse la négativité et crée un lieu d'acceptation.

Pour le bureau : vous protège des tensions et de la négativité qui peuvent surgir sur votre lieu de travail.

OBSIDIENNE FLOCON DE NEIGE

Équilibre + Intégration + Complétude

Couleur : noir avec des points blancs

Chakras : Racine + Couronne

Principaux gisements : Argentine, États-Unis

En quoi est-il magique ? Dans la vie, il est souvent question d'équilibrer les opposés, et l'obsidienne flocon de neige incarne cette vérité sous forme cristalline. Elle contient à la fois l'ombre et la lumière, et son énergie aide à lancer un pont entre elles, et à les accepter. Elle donne la force d'explorer votre côté sombre et vous permet d'intégrer ce que vous découvrez de manière positive. Cette pierre entre également en vibration avec les chakras situés aux extrémités : son action sur le chakra racine vous aide à vous ancrer, tandis qu'elle soutient aussi le chakra couronne, nourrissant votre connexion aux royaumes supérieurs. Ce cristal inspire l'alignement, aide à avoir une vision holistique du mental, du corps et de l'esprit.

Note : les petites inclusions blanches dans ce verre volcanique sont dues à la cristobalite, qui se forme par cristallisation partielle de l'obsidienne.

UTILISATION :

Pour soi : déposez une obsidienne flocon de neige sur votre autel pour vous soutenir lorsque vous souhaitez faire un travail sur l'ombre.

Pour la maison : aide à créer un environnement équilibré, surtout si vous vivez avec votre partenaire ou des colocataires.

Pour le bureau : aide à considérer votre travail comme un simple élément de la vie : très utile pour les bourreaux de travail qui cherchent à prendre un peu de recul.

PIERRE DE LUNE NOIRE

Manifestation + Nouveaux départs + Protection

Couleur : noir avec des veines rosées

Chakras : Racine

Principaux gisements : Inde, Madagascar

En quoi est-il magique ? La pierre de lune noire incarne l'énergie du renouveau, et elle partage aussi les propriétés de la pierre de lune blanche, que l'on associe et aux rythmes naturels de la lune et à son énergie féminine. Mais cette pierre attirante est associée à la phase de nouvelle lune, moment parfait pour le changement, pour amplifier les manifestations et pour tenter de nouvelles expériences avec grâce. Cette pierre vous apportera une protection merveilleuse, elle dégage une énergie beaucoup plus douce que les autres pierres sombres. Utilisez-la pour transformer l'énergie négative en quelque chose de positif et laissez les rythmes de la pierre de lune vous enseigner le flux et le reflux de la vie.

Note : tout comme sa sœur claire, la pierre de lune noire est un feldspath, bien que composé d'orthoclase et d'albite. Elle est aussi caractérisée par une adularescence, effet optique provoqué par la réflexion de la lumière sur de fines couches superposées, ce qui donne à cette pierre son éclat évoquant la lune.

UTILISATION :

Pour soi : elle vous servira à amplifier les rituels de la nouvelle lune.

Pour la maison : aide à procurer un sentiment de protection, surtout dans une nouvelle maison ou un nouveau lieu.

Pour le bureau : inspire de nouveaux projets ou une réorientation professionnelle.

PINOLITE

Croissance + Positivité + Paix

Couleur : noir + blanc

Chakras : Racine + Couronne

Principaux gisements : Autriche, Espagne

En quoi est-il magique ? Si vous êtes prêt à vous défaire de vos manières d'être passées, à laisser partir les personnes, les schémas et les pensées qui ne vous sont plus bénéfiques, la pinolite saura vous inspirer de grands changements, et vous apportera son soutien discret et efficace tout au long de cette transformation. Cette pierre dégage un sentiment de calme durable et profond. Elle offre une combinaison d'ancrage et d'amour divin, grâce à ses affinités avec le chakra couronne. Sa surface noire et blanche vous aidera à trouver l'équilibre, à comprendre les comportements qui vous ont empêché d'aller de l'avant et vous inondera d'ondes positives pour vous aider à avancer et à accéder à un nouveau stade d'épanouissement. La pinolite soulage le cœur et l'esprit afin qu'ils puissent travailler ensemble pour vous apporter un véritable sentiment d'unité et de paix.

Note : les inclusions blanches de la pinolite sont en fait de petits cristaux de magnésite inclus dans cette roche métamorphique. Leur forme de pignons de pin, pinon en espagnol, a donné son nom à la pierre, avec le suffixe dérivé du grec lithos, « pierre ».

UTILISATION :

Pour soi : méditez avec une pinolite et laissez-vous envahir par un sentiment profond d'harmonie.

Pour la maison : crée une atmosphère harmonieuse et inspire les changements positifs.

Pour le bureau : procure une véritable affirmation de la personnalité, pour que vous puissiez avancer dans le métier qui vous convient le mieux.

JASPE K2

Conscience supérieure + Harmonie + Intuition

Couleur : gris + bleu

Chakras : Racine + Troisième Œil

Principaux gisements : Pakistan

En quoi est-il magique ? Aussi connu sous le nom d'azurite goutte d'eau, qui décrit les incroyables taches bleues de ce cristal purifiant incroyablement formées dans un granit raisonnable et solidement ancré. C'est cette combinaison qui rend cette pierre récemment découverte si spéciale. L'azurite est considérée comme une pierre du paradis, offrant un accès direct au divin, ouvrant le troisième œil sur les vérités se trouvant au-delà du monde physique. Mais dans le jaspe K2, l'azurite est entourée de granit, dont l'énergie stabilisante assure que vous gardiez les pieds sur terre tandis que votre esprit s'élève.

Ce cristal est un moyen d'explorer vos capacités intuitives et d'ouvrir la voie vers un nouveau palier de spiritualité, permettant d'intégrer votre conscience supérieure à votre être.

Note : il ne s'agit pas vraiment d'un jaspe, mais d'un granit parsemé de formations bleu vif d'azurite. Il doit son nom énigmatique à l'unique endroit où l'on trouve cette pierre rare, le K2, deuxième sommet de montagne le plus haut du monde, situé à la frontière du Pakistan et de la Chine.

UTILISATION :

Pour soi : posez un jaspe K2 sur votre troisième œil et ressentez son énergie alimenter votre esprit.

Pour la maison : dans votre lieu de méditation, crée un environnement paisible et stabilisant qui permet à la conscience de voyager.

Pour le bureau : donne à votre travail un but supérieur et apporte une intention surnaturelle aux tâches les plus banales.

GABBRO INDIGO

Transition + Manifestation + Paix

Couleur : noir + gris

Chakras : Racine + Troisième Œil

Principaux gisements : Madagascar

En quoi est-il magique ? Le gabbro indigo est une pierre douce qui peut faciliter les changements de vie que vous décidez, mais saura aussi vous soutenir lors de transitions inattendues. Cette pierre a une action double : d'une part, elle est extrêmement calmante, grâce à ses affinités avec le chakra racine, d'autre part, elle a un fort pouvoir de manifestation. L'énergie d'éveil du gabbro pourra vous aider à comprendre où se situent vos blocages et quelles intentions sont les plus adaptées à vos objectifs suprêmes. L'affolement que provoque une transition vous semblera bien plus gérable avec l'aide de cette pierre, qui vous apportera la clairvoyance nécessaire pour savoir comment surmonter les obstacles. Sans oublier la sensation de paix profonde que vous procurera ce cristal.

Note : le gabbro est une roche ignée (formée par le refroidissement du magma) qui peut contenir différents minéraux, y compris du feldspath, de la chlorite, de _la serpentine et de la magnétite. À la lumière, des reflets indigo peuvent apparaître à sa surface. On l'appelle aussi parfois « merlinite mystique ».

UTILISATION :

Pour soi : utilisez le gabbro dans vos rituels de la nouvelle lune afin d'amplifier la mise en place d'intentions.

Pour la maison : diffuse des ondes protectrices et apaisantes, transmuant l'énergie négative en choses positives.

Pour le bureau : utilisez le gabbro pour manifester votre situation professionnelle idéale.

SARDONYX

Protection + Clarté + Force

Couleur : rouge-brun + blanc

Chakras : Racine

Principaux gisements : Chine, Inde, États-Unis

En quoi est-il magique ? Depuis des milliers d'années, le sardonyx est utilisé comme moyen de protection : lorsqu'ils partaient au combat, les soldats de la Rome antique portaient en guise de talisman des sardonyx gravés à l'effigie du dieu de la guerre, Mars. Les femmes n'étaient pas en reste, arborant la même pierre où était cette fois gravé le visage de Vénus, pour porter chance en amour. Il s'agit avant tout d'une pierre invoquant la force, qui peut repousser les forces négatives tout en renforçant le courage et l'estime de soi. On dit aussi que cette pierre apporte stabilité et bonheur sain dans les relations. Cette pierre rubanée a une énergie qui ancre le corps physique, mais elle offre aussi la clarté mentale, vous aidant à apprécier une situation sans être aveuglé par les préjugés.

Note : le sardonyx est une agate formée par des couches de sardoine (variété de silicate calcédoine, très proche également de la cornaline) et d'onyx.

UTILISATION :

Pour soi : portez un sardonyx pour bénéficier de sa protection et pour améliorer votre estime personnelle.

Pour la maison : favorise la communication bénéfique et le respect mutuel au sein du foyer.

Pour le bureau : donne de la force intérieure dans les moments où vous vous sentez nerveux ou incertain.

QUARTZ FRAISE

Optimisme + Protection + Mérite

Couleur : rouge-rose

Chakras : Racine + Cœur

Principaux gisements : Mexique, Russie

En quoi est-il magique ? Quand il s'agit de pierres roses, le quartz rose monopolise l'attention, et pourtant le quartz fraise, avec ses petites touches colorées, a beaucoup de qualités. Comme tous les quartz, son énergie est radicalement positive, irradiant d'une lumière qui aligne les chakras et aide à purifier tout le système. Mais ses couleurs tendres en font un allié de la guérison du cœur, vous redonnant foi en votre mérite et vous permettant de ressentir tout l'amour que vous prodigue l'univers. Le quartz fraise possède aussi une force stabilisante grâce à ses inclusions d'hématite. Tout en ouvrant votre cœur, il équilibre son énergie et vous offre aussi une protection, entourant votre âme fraîchement attendrie d'un cocon protecteur.

Note : le quartz fraise est un quartz transparent parsemé de taches et de traits roses et rouges dus à des inclusions d'hématite qu'on croirait faites à l'aiguille.

UTILISATION :

Pour soi : méditez avec un quartz fraise pour avancer en amour, peu importe son objet et sa forme : romantique, amical, familial ou même amour de soi.

Pour la maison : apporte équilibre et lumière dans un lieu.

Pour le bureau : enrichit les relations avec les clients et les collègues.

CUPRITE

Revitalisation + Sécurité + Réalisation personnelle

Couleur : rouge

Chakras : Racine + Sacré

Principaux gisements : Kazakhstan, Russie

En quoi est-il magique ? La cuprite est une pierre qui active la puissance personnelle. Ce minéral d'un rouge profond dégage une force stable qui vous revitalise petit à petit. Il vous soutient dans vos besoins les plus basiques, tout en vous sécurisant tout au long du processus. La cuprite sait soulager les peurs, annihiler l'autodénigrement et aider à vous centrer au cœur d'un ouragan émotionnel. Aider à être pleinement conscient dans le présent est l'une de ses plus belles qualités. Son énergie terrienne apporte aussi une fondation solide et riche à partir de laquelle il est tout simplement naturel de s'élever. Heureusement, la cuprite donne aussi un fort sentiment d'identité, si bien qu'à mesure que vous évoluez, vous respectez totalement votre authenticité.

Note : la cuprite est un composé d'oxyde de cuivre, un minéral secondaire qui se forme souvent en association avec l'azurite, la chrysocolle et la malachite.

UTILISATION :

Pour soi : si vous vous sentez vidé, asseyez-vous en installant une cuprite entre votre chakra racine et votre chakra sacré, pour une lente remontée énergétique.

Pour la maison : crée une atmosphère particulièrement sécure dans la maison.

Pour le bureau : décuple la confiance et la créativité.

CHIASTOLITE

Protection + Transition + Réconfort

Couleur : rosâtre + rouge-brun + noir

Chakras : Racine + Sacré

Principaux gisements : Australie, Chine, États-Unis

En quoi est-il magique ? La chiastolite est une pierre de protection qui met son porteur à l'abri de tout mal à repousser la négativité grâce à sa puissante énergie terrienne. Une vibration rassurante et réconfortante se dégage de ce minéral, et ses propriétés protectrices agissent non seulement à l'extérieur, mais aussi à l'intérieur, vous conférant confiance en vous et apaisement. La chiastolite est aussi connue pour être le rappel sous forme minéral que la vie revient après la mort, selon le cycle immuable de la nature. Cette pierre aidera à diminuer vos peurs et votre attachement à quelque chose qui s'achève et introduira la joie à la perspective d'un nouveau chapitre qui s'ouvre dans votre vie. C'est un talisman transitionnel qui vous aidera à avancer.

Note : bien que la chiastolite soit une forme d'andalousite, elle a été répertoriée pour la première fois par le paléontologue espagnol José Torrubia en 1754, soit plus de quatre décennies avant sa famille de minéraux. Des inclusions de graphite noir forment à la surface de la chiastolite un motif très caractéristique en forme de croix, ce qui lui a valu son appellation de « pierre de croix ».

UTILISATION :

Pour soi : si un grand changement dans votre vie vous préoccupe, la chiastolite vous aidera à apaiser vos craintes.

Pour la maison : apporte équilibre et sentiment de sécurité, très utile quand on déménage ou qu'on emménage dans un nouveau lieu.

Pour le bureau : vous pare d'une aura d'énergie positive et apporte calme et concentration.

AMMOLITE

Prospérité + Sagesse + Transformation

Couleur : multicolore

Chakras : Racine + Troisième Œil

Principaux gisements : Canada, États-Unis

En quoi est-il magique ? Cette gemme qui ressemble à une opale étincelle de toutes les couleurs de l'arc-en-ciel, aussi n'est-il pas surprenant que l'une de ses plus puissantes propriétés soit l'harmonie. Elle favorise aussi l'abondance, grâce à sa puissante énergie d'attraction. On l'appelle d'ailleurs « pierre de prospérité aux sept couleurs », car on la dit capable de vous porter chance et d'obtenir tout ce que vous désirez, sur le plan physique, financier ou émotionnel. Formée par les vestiges d'un animal marin qui vivait sur terre il y a plus de 65 millions d'années, cette pierre est censée détenir la sagesse ancestrale de notre planète, et stimuler votre propre sagesse. L'ammolite détient aussi un pouvoir de transformation, changeant la négativité en énergie positive et traversant les ondées avec l'éclat d'un arc-en-ciel.

Note : les ammolites sont en fait les coquilles fossilisées d'amanites, mollusques aujourd'hui disparus, qui peuplaient les mers durant le Jurassique et le Crétacé.

UTILISATION :

Pour soi : travaillez avec une ammolite pour stimuler vos pouvoirs de manifestation.

Pour la maison : favorise la prospérité et la chance.

Pour le bureau : crée une ambiance de travail positive, où votre intelligence peut briller.

CINABRE

Énergie + Vibration + Passion

Couleur : rouge

Chakras : Racine + Sacré

Principaux gisements : Italie, Pérou, Espagne

En quoi est-il magique ? Le cinabre apporte de la chaleur, il imprègne votre chakra racine d'une vibration qui dynamise à la fois votre corps physique et votre corps énergétique, et propulse vos rêves au niveau supérieur. Cette pierre est une force de motivation naturelle qui vous procurera une bonne dose de confiance et d'assurance. Elle vous aidera aussi à comprendre ce que vous désirez vraiment, puis décuplera vos pouvoirs de manifestation afin de vous aider à obtenir satisfaction. Le cinabre est une pierre de prospérité et de vitalité. En réveillant votre chakra sacré, il vous procure une grande aisance corporelle et vous autorise à pleinement profiter de tous les plaisirs terrestres. C'est aussi une pierre qui sait mettre du piment dans votre vie, soufflant sur les braises de la passion et réveillant votre sexualité.

Note : à cause de sa couleur rouge vif, le cinabre a été utilisé comme pigment pendant des siècles, un peu partout dans le monde. Le mercure peut être toxique, mais on considère que le cinabre est une pierre que l'on peut manipuler sans danger. Ne faites toutefois pas chauffer ce cristal, ne le découpez pas vous-même, ne le réduisez pas en poudre et ne le mangez pas (mais cela est valable pour toutes les pierres !).

UTILISATION :

Pour soi : déposé sur votre autel, le cinabre stimulera votre créativité, votre motivation et votre inspiration.

Pour la maison : un cinabre dans la chambre à coucher pourra vous aider à être pleinement dans votre corps et dans le moment présent.

Pour le bureau : apporte succès et prospérité, surtout dans les commerces où l'on accueille des clients, si on le place là où l'argent est rassemblé.

SEPTARIA

Stabilité + Ancrage + Patience

Couleur : jaune + marron + gris

Chakras : Racine + Sacré + Plexus solaire

Principaux gisements : Madagascar, Nouvelle-Zélande, États-Unis

En quoi est-il magique ? C'est un cristal qui s'est formé il y a des dizaines de millions d'années, et il abrite en lui une puissante énergie terrienne, ainsi que la sagesse ancestrale de notre planète en constant changement. Sa vibration suscite un enracinement profond qui vous donne un sentiment d'être bien dans votre peau. Comme la septaria vous plante fermement les pieds dans le sol, elle vous aide aussi à suivre le flux, vous invitant à laisser les sources de stress insignifiantes couler sur vous et vous permettant de surfer sur les vagues émotionnelles sans perdre l'équilibre, sans sombrer dans les flots. Son pouvoir est lent, mais constant et puissant : vous ne sentirez pas ses effets immédiatement, mais ne doutez pas des transformations à l'œuvre.

Note : les incroyables fissures remplies de cristaux de la septaria, que l'on surnomme aussi « pierre du dragon », se créent lorsqu'une masse de matière se déshydrate et se craquelle, ménageant des espaces en son sein, qui se remplissent par la suite d'autres minéraux comme la calcite et l'aragonite.

UTILISATION :

Pour soi : portez une septaria pour ses pouvoirs de protection et pour avoir confiance en vous.

Pour la maison : crée un environnement très confortable et relaxant.

Pour le bureau : la septaria vous dissuade de vous énerver pour des détails, vous invitant plutôt à vous concentrer sur l'objectif d'ensemble.

INDEX

REMERCIEMENTS

Je remercie particulièrement Catie Ziller qui m'a laissée exprimer ma passion des cristaux, Kathy Steer qui a sublimé mes mots et Michelle Tilly qui a embelli ce livre. Un grand merci à Julia Stotz pour son œil irréprochable et son don de magicienne de la photographie. Merci à Skye Whitley de s'être occupée des pierres, à House of Intuition et Spellbound Sky pour leurs magnifiques spécimens et à Caroline Hwang de m'avoir expliqué les ficelles des éditions Marabout. Merci à mes parents, Pete et Jan Butterworth,et à mes beaux-parents, Romualdo et Yolanda Avila, pour les nombreuses heures de baby-sitting qui m'ont permis d'écrire, et à Ro d'être un bébé aussi cool. Merci à Manuel, mon partenaire, d'avoir toujours soutenu mes initiatives énergétiques et élevé ma fréquence grâce à ses ondes positives.

Cet ouvrage est une édition enrichie du *Guide des cristaux pour les débutants* paru en 2018 aux Editions Marabout – Hachette Livre.

Ouvrage coréalisé aux Etats-Unis :
Directrice éditoriale : Catie Ziller
Auteur : Lisa Butterworth
Photographe : Julia Stotz
Graphiste : Michelle Tilly
Éditrice : Kathy Steer

Pour la traduction française :
Traducteurs : Anne-Claire Levaux, Emmanuelle Casse-Castric
Relecture : Anne Guerquin et Marie Gosset
Mise en pages : Les PAOistes

58 rue Jean Bleuzen
92178 Vanves Cedex - 5495909
ISBN : 978-2-501-17261-5
Dépôt légal : octobre 2022
Achevé d'imprimer en août 2022 sur les presses de Macrolibros en Espagne.

PAPIER À BASE DE FIBRES CERTIFIÉES

MARABOUT
s'engage pour l'environnement en réduisant l'empreinte carbone de ses livres.
Celle de cet exemplaire est de :
1,1 kg éq. CO_2
Rendez-vous sur www.marabout-durable.fr